日知丛文丛

川端康成与中国易学

张石 著

SPM
南方出版传媒
广东人民出版社
·广州·

图书在版编目（CIP）数据

川端康成与中国易学 / 张石著. —广州：广东人民出版社，2016.5

ISBN 978-7-218-10544-4

Ⅰ. ①川… Ⅱ. ①张… Ⅲ. ①川端康成（1899—1972）—文学研究 ②《周易》—研究 Ⅳ. ①I313.065 ②B221.5

中国版本图书馆 CIP 数据核字（2015）第 268157 号

CHUANDUANKANGCHENG YU ZHONGGUO YIXUE
川端康成与中国易学
张石 著

出版人：曾 莹
策 划：肖风华 向继东
责任编辑：罗 丹 陈泽航
封面设计：王丹青
责任技编：周 杰 黎碧霞

出版发行：广东人民出版社
地 址：广州市大沙头四马路10号（邮政编码：510102）
电 话：（020）83798714（总编室）
传 真：（020）83780199
网 址：http：//www.gdpph.com.
印 刷：广州家联印刷有限公司
开 本：787 毫米 × 1092 毫米 1/32
印 张：11 字数：194千
版 次：2016年5月第1版 2016年5月第1次印刷
定 价：48.00元

总 序

日知者，知日也。

对我们来说，日本是异国，东洋文化是一种异文化。既然是异国、异文化，便有了解、研究之必要。而作为了解的第一步，我认为还是应该先从理解开始。日本汉学的一代宗师竹内实先生尝言“友好易，理解难”，看来确是有先见之明的。由于两国的历史渊源，国中颇不乏中日“同文同种”论者。言外之意，既“同文同种”，又何须理解呢？不过，中日邦交正常化以来四十余年的历史，特别是2005年和2012年两次大规模反日运动，有力地反证了这种思维的“短路”。因此，今天仍需提倡理解。而理解，则需从知日做起。

到过日本，多少对东瀛社会有所了解者，可能会对其社会建构的实绩惊叹不已。一个被不懈枚举的例证是，内阁在“走马灯”，但社会却运转如常，为什么？走进日本城乡，绝少见政府大厦，可任何一间中小学，都有高抗震等级的教学楼和整饬的校园，又是为什么？对这些问题，蜻蜓点水、浅尝辄止的观察，意义终究有限。我们的诉求，是钻到日本文化的深层机理中去探寻答案。几位作者，均是长年生活在日本的作家，他们对日本的观察，是现场主义式的，是直接的，眼里不揉沙子。旅日前辈作家李长声先生，对东洋社会有洞彻的体察，他早年的一本著作叫《日知漫录》。毋庸讳言，从《日知录》（顾炎武）到《日知漫录》，都曾赋予“日知豆文丛”以直接或间接的启迪。

最后一个问题——何以是“豆”？豆者，是东洋出版文化的一个有趣现象：袖珍本中的袖珍本（超小型本），称为“豆本”，由来已久，历史可追溯至江户时代。这套小书，篇幅不大，开本亦小，谈的又是日本和日本文化，正契合了“豆本”的语境。如此，又“拿来”成了丛书的另一个要素。横竖一部千年中日关系史，就是文化“拿来拿去”的历史。

指望“一灯如豆，烛照天下”，是不现实的。但只要读者诸君在如豆的光影中，能看到几位作家的日本观、天下观，便是幸事了。

刘柠

2014年圣诞，于京城望京西园

目　录

第二章　川端康成与吴清源及易学

第三章　《麻雀的媒妁》与易占

第四章　《南方的火》和易学

祝贺出版——代序

羽鸟彻哉*

川端康成在他的《十六岁的日记》中写道：他的祖父三八郎欲出版《构宅安危论》这本书，但是这个愿望没能实现。这个草稿在昭和四十年(1965年)举行的川端康成在世时最初的“川端康成展”时展出，我由此得以确认《十六岁的日记》中写的事确实存在，但是并没有把这本草稿拿在手里看过，无法对其中的内容进行确认。

现在，张石先生对这本书进行了解说并翻译成现代语。张先生毕业于中国的东北师范大学，并留学日本，是以川端康成为中心研究日本现代文学的硕学，也是现在很少见的《易经》和易学的研究家。他在川端文学中，注意到了和易学的语言及思想相通的东西并发表数篇与此相关的论文，且终于追溯到川端这种思想的原点，其祖父的《构宅安危

* 羽鸟彻哉（1936—2011），日本著名文学研究家，生前曾任日本成溪大学教授、名誉教授，在为本书写序言时任日本川端康成研究会会长。

论》，并完成了对此进行深入发掘的工作，真可谓出此成果为得天时与人和。

我粗读了一下《构宅安危论》，以前以为仅仅是有关宅相的书，读后才发现其网罗的范围非常之广，甚至涉及街道建设与国土的存在方式，而且不是仅仅教人们如何看风水，也体现了如何将“杀神”变为“吉神”的意志。可能是基于长年积累的易学经验，作者使合理性达到了神秘的境地，使神秘与合理融为一体。正像三八郎所说的那样，在生存并运动着的天地中，如果被外在形式所困，“吉神”也可能变为“杀神”。

在我们读《十六岁的日记》等作品时，三八郎似乎给我们留下了一个不明事理的老糊涂的印象，但是在这里，我们可以看到与此印象不同的他的内心所闪射出的光芒及他对川端康成的影响。

在现在这样的时代，川端康成的祖父以如此的形式登上历史舞台，可能会令人苦笑，但是我感觉川端的在天之灵会高兴。从古代开始，中国的事物以各种形态进入日本，融入日本社会之中，而现在又由今天的中国人重新研究，公布于世，在这样的过程中进行新的历史阶段的友好交流，我觉得川端康成的在天之灵也会对此感到满足。

我衷心祝贺追溯川端文学的根源，并展示出日中交流的一种形态的这部著作的出版。（张石　译）

前　言

川端康成是日本首位获得诺贝尔文学奖的作家，也是亚洲第二位得到这个殊荣的作家，他之所以能摘取世界文学的最高桂冠，是因为他以“卓越的感受性……并用小说的技巧，表现了日本人心灵的神髓”，同时也因为他“在架设东方与西方的桥梁上做出了贡献”(见1968年诺贝尔文学奖授奖辞)。

川端康成的文学，虽然不是具有很强的社会性和时代感的文学，但是却反映了比时代更久远的文化和比文化更久远的自然与生命。他的文学的价值，首先在于他独特的人文精神，在他的文学中，我们可以看到佛家的慈悲、禅道的闲寂、儒家的忠恕以及他在独特的文学中提炼出的独特的精神感悟。首先，川端文学是“哀”的文学，他那孤儿的深广的寂寥，化作淡淡的悲愁，深深地渗透在他所有的作品中，那里有少年失恋的凄楚、女人哀切的命运、老者衰颓的怔忡……同时他的文学也是“不怨”文学，他说：“我自幼是个孤儿，受人照顾太多。我这个人变得不会生别人的气，也不会憎恨人了。”在他的文学中，几乎没有冤仇，没有报复，没有愤怒和怨恨。他承受着哀伤，玩味着哀伤，但不去探求哀伤的原因，而只把它看做一种无常、一种宿命、一种美。

川端文学的另一个特点是对孕育并哺育了生命与人类的自然的热爱与讴歌，在他的文学中，自然不仅仅是环境，有时也是一个主角；他作品的时间，大多不是用日历和钟表来体现的，而是蕴藏在星移斗转、花开花落、鸟唱虫鸣的微妙变化中；他作品的过程，往往伴随着心灵与自然的互相渗透与深沉对话，而它的高潮，经常像一片微紫、暗绿的苔衬着一朵淡白的小花，永远流动着自然透明而寂静的生命，较少人为的造作与渲染。

川端康成也是最受中国读者欢迎的外国作家之一，从1981年出版了《雪国》和《古都》的译本以来，中国已出版了中国社会科学出版社版、漓江出版社版两套全十卷本和多套多卷本的川端康成的著作，其他出版社也出版了很多多卷本和单行本，囊括了川端康成全部著作的十之八九，这恐怕是在川端的母国日本之外的其他国家和地区所未见到过的。2003年，中国北方网评选出对中国最有影响力的10篇作品，其中包括川端康成《雪国》。在中国的因特网上，也登载着各种川端康成的著作以供阅读，那一年，在中国简体字雅虎网上，有关川端康成的事项共6520件，在外国作家中，排在卡夫卡和博尔赫斯之后，居第三位。人民教育出版社出版的高中语文第一册也在2003年6月1版选入了川端康成的散文《花未眠》，这是日本作家的作品第一次走进中国的高中教材。

川端康成在自己的创作中广泛吸收人类各种文化与文学的营养，他大量地吸收西方文学的精髓，倾倒于莎士比亚、托尔斯泰、弗洛伊德、乔伊斯等西方文化巨人，与同时代的先锋艺术也有着密切的关系，同时他更积极地吸收东方古老的文化精神，在他的作品中，佛教精神表现得非常充分，老庄、儒学精神也都有所体现，而中国古老的易学，在他的文学中更占有重要的地位。目前，有关川端康成的研究在种种方面取得了很大成就，但是无论在中国还是在日本，没有人涉及川端康成与易学的关系。而易学精神在整个川端文学中，却占有不容忽视的位置。从宏观着眼，可以说易学的“易”与“不易”的思想，贯穿川端文学的始终；从微观着眼，《十六岁的日记》《山音》《参加葬礼的名人》《抒情歌》《南方的火》等作品，都和易学有着直接和密切的联系。笔者甚至惊叹：他的某些作品竟然利用《易经》的某一卦相构成思想与艺术的深层框架，形成一个神秘的人间生活、深层心理与天道神启之冥和的微型宇宙。

笔者经过反复研究，发现川端康成的易学思想，主要来源于两个途径，一个其祖父的途径，其祖父川端三八郎精通《易经》，并留有风水学著作《构宅安危论》。川端两岁丧父，3岁丧母，这以后的漫长童年、少年时代，他一直和半盲的祖父生活在一起，川端康成的祖父是对川端康成的成长影响最大的人物，川端康成在他的作品《故园》中提及祖父时说：祖父是在他记忆中唯一一个一起生存过的骨肉亲人。

笔者曾在中日的各种杂志书籍上，发表多篇论文，论述其祖父川端三八郎的易学思想对其创作的重大影响。1999年，在川端康成100周年诞辰之际，日本川端康成研究会组织了全世界40多名学者举行了“世界川端康成书面研讨会”，出版了《世界中的川端康成》一书，使川端康成的研究具有了更加广泛的国际性。笔者在此书中也曾论及易学思想对川端康成的影响。

而在最近的研究中，笔者又发现了影响川端康成的另一个重要人物，就是中国棋士吴清源。

吴清源（1914年6月12日－2014年11月30日）是著名围棋手，号称“昭和棋圣”。他一生雄居“天下第一”的无冕王位，晚年又将毕生精力放在了提携后进、促进围棋国际化和中日围棋的交流与发展上，他更以独特的感悟，融汇古老的中华文化和精湛的日本现代棋艺，提出21世纪的围棋——六合之棋。

吴清源1928年赴日，在以后的80多年的生涯中，他一直在日本生活，他和川端康成无论是战前还是战后都交往密切，可以说是密友。而吴清源从小受私塾教育，对中国的古典，特别是易学，有着相当深的研究，并把易学运用在他的棋艺中。川端康成受其影响，读了一些中国古代的天文、历法、易学和思想方面的书，对易学进行了较深入的研究，而且在他和吴清源密切交往的时期，也正是他写出渗透着易学之神秘幽光的杰出作品的时期。

可以说，易学思想，是川端康成与中国、中国文化甚至中国人结成牢固的思想、艺术与友谊的不解之缘的神秘而深邃的纽带。

本书希望通过这样一个文学的微观细节的研究，透视出中日文化的你中有我，我中有你，天梭神杼，锦绣自成的宏观交流景观，并祝这种交流更加绚丽多彩，永续华章。

张　石

2010年5月3日

第一章
《构宅安危论》与川端康成的创作

引　子

《构宅安危论》是川端康成祖父的遗作，川端康成在其早期作品《十六岁的日记》中，第一次提及《构宅安危论》这部著作：

> ——夜，一翻桌子的抽屉，《构宅安危论》就会被翻出来，这是一本由祖父口述，由自乐（邻村的男子，祖父易学和宅相学的弟子。这本书是有关宅相的书）记录而成的书。为了出版，曾和丰川（大阪的大财主）商谈，但最终没能出版。而这本书的草稿完全被祖父遗忘了，一直塞在我的抽屉里。啊，祖父的一生一事无成，所着手的事业无论什么都失败了，他的心里该是怎样的一种感受？啊，真的感谢他在如此的逆境中为我活到了75岁，他的心脏一定是很强壮的（我一直以为祖父能承受悲哀而长寿，是因为心脏很强壮）。……完全的孤独，孤独的悲哀，这就是祖父。“哭着过日子”这一口头禅对祖父来说是真实的写照。

祖父用八卦算卦，为人家看宅相，经常算得很准，所以有点儿名声，也有人从很远的地方来找他算卦，因此祖父深信他的《构宅安危论》如果出版，会拯救世上的灾难和不幸。[1]

祖父一直想去东京见大隈重信，他有着他自己的目的。祖父对中医的制药术有一点儿研究。……有关这些药的事，一直到死他都念念不忘。他像小孩子一样确信，如果到了东京，见到了他所尊重的人物大隈重信，会得到大隈的帮助。除了药的事之外，他也在考虑出版《构宅安危论》的事。[2]

[1] 川端康成：《十六岁的日记》，《川端康成全集》第2卷，新潮社，1980年，第20—21页。

[2] 同上，第25—26页。

第一节　川端三八郎的生平

川端康成的祖父川端三八郎是对川端康成的成长影响最大的人物，川端康成在他的作品《故园》中提及祖父时说：祖父是在他记忆中唯一一个一起生存过的骨肉亲人。

川端康成在《十六岁的日记》中所描写的祖父川端三八郎，是一个一生中一事无成，病入膏肓的老人、盲人，但是在笹川隆平所著的《川端康成——大阪茨木时代和青春书简集》中，川端三八郎是一个在村里担任过户长等公家的职务，为村里公共事业做出过重大贡献的人物，同时他自己也从事着多种事业。[1]

根据现在保存的户籍，川端三八郎出生于天保12年

[1] 笹川隆平：《川端康成——大阪茨木时代和青春书简集》，和泉书院，1991年。

（1841）4月10日，三八郎的父亲叫三右卫门，他是三右卫门的长子。但是如根据他的出生地大阪府三岛郡丰川村大字宿久庄所存《宿久庄区有文书》和《几岁几月调》（明治六年4月，即1873年）调查，三八郎的出生日为天保十一年4月14日，究竟哪一个正确无从考证，而大多数研究家以天保12年（1841年）4月10日为准。根据笹川隆平所著的《川端康成——大阪茨木时代和青春书简集》，川端三八郎的一生大致可分为三个阶段，第一阶段是他做村长的时期，起始时间不详，结束时间大约在明治四年、五年（1871、1872），这也是所谓江户时代的延长期。

第二阶段到明治二十年（1887）为止，他在村里担任户长等公家的职务，遵照明治政府的种种政策，为村里的各项事业做出了很大的贡献。这以后是第三阶段，他辞去了公职，一时间还把房子卖掉离开了村子，在这个不得志的时期他迎来了晚年，和唯一的亲人、孙儿川端康成一起生活。

综合《十六岁的日记》和一些研究书籍所提及到的有关川端三八郎的内容，可知他自己所从事过的公职以外的事业大约有制茶业、寒天制造业、制药业和占卜师4种。

据《川端康成——大阪茨木时代和青春书简集》，川端三八郎曾在自己的田地中种茶树，在三八郎家的土仓中发现过写有“茶商人人名簿”字样的纸片，关于寒天制造业，只是听说他搞过，并没有什么具体的记录。

《十六岁的日记》中比较详细地记述了有关三八郎从事制药业的事情：

> 祖父对中医的制药术有一点儿研究，加上我父亲是毕业于东京的医学校的医生，因此祖父也从父亲那里学了点儿西医，他将这点儿知识结合到中医的制药术中，长时间以来一直为农村的人们开药方。祖父对他独特的制药术特别自信，而使他的自信感愈发强烈的是村里流行痢疾的时候，也就是我在前面写到的尼寺改建，佛像放在我家客厅里寄存的那年夏天。那一年患痢疾的特别多，有50户人家的村子，平均一家就有一个病人。人心骚动，光临时隔离病院就建了两处，连野外都飘荡着消毒液剂的味道。村里的人都说是因为动了尼寺里的古佛，才遭此祟，可是我祖父的药比较轻松地就把痢疾治好了。有的人把患者隐藏起来，偷偷吃了祖父的药就得救了。在隔离病院的患者中也有人扔了病院的药而吃祖父的药，也有被病院宣布没救了的人因吃了祖父的药而得救了。我不知道这药在医学上究竟有多大的价值，但是祖父的药显示了不可思议的特效这是事实，因此祖父想让这药在世上推广开来。后来他还让自乐写了申请书，有三四种药

得到了内务省的销售许可。可是，他只印了五六千张“东村山龙堂”这一药行行号的包装纸，从此制药这项工作就消失得无影无踪了。[1]

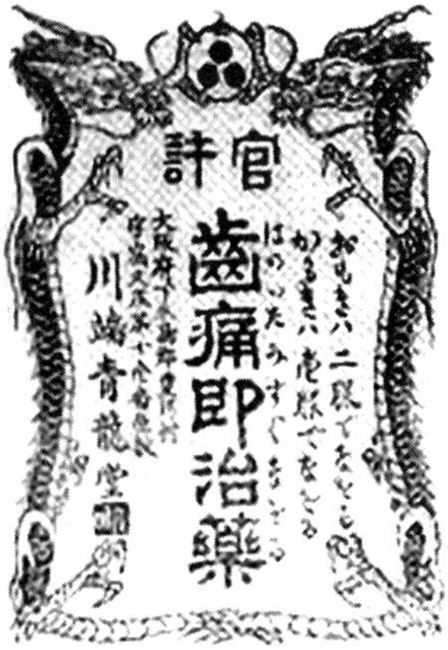

据《川端康成——大阪茨木时代和青春书简集》所记，最近一些年在川端三八郎的土仓里发现了印有“官许齿痛即治药　川端清龙堂”的纸百余枚（右图）。而在明治四十五年（1912），川端康成所在的东村确有痢疾流行，那正是川端康成入茨木中学那一年。川端康成小学的恩师红信隆先生惦记着体弱多病的康成，还给他发去了慰问信。当时川端康成对红信隆先生的关心表示感谢的回信，直到现在仍然被保存着，在信中川端康成向红信隆先生报告了东村痢疾流行的情况，由此可见川端康成在《十六岁的日记》中所记载的完全是事实。

[1] 川端康成：《川端康成集》，筑摩书房，1968年，第171页。

关于三八郎占卜师的工作，在《十六岁的日记》中已有较详细的记叙。另外，近年来，有关三八郎的资料不断被发现，他自号“万邦”，写和歌，也作书画，人们在三八郎家的土仓中发现了他所作的文人画。他还和一个叫做“寺西易堂”的汉学家学汉学、易学，也为别人看面相和宅相，人们还在他家的土仓中发现了他为别人看宅相时画下的房屋构造图，还著有《构宅安危论》《要话杂论集》等著作。

三八郎“万邦”这个号出典于《易经》，《易经·师》中有：“《象》曰：‘在师中吉’，承天宠也。‘王三锡命’，怀万邦也。”[1]

上面我们提到，三八郎对中医药术颇有研究，而中医是和易学有着密切联系的，中国古来就有“医易同源”之说，中医和易学在理论基础上，其实同出一辙，都是来源于阴阳、五行、八卦之说。

川端三八郎在《构宅安危论》中也论述了“医易同源”的理论，《构宅安危论》中的“二层建造之部”中有如下的段落：

阿弥陀佛身体向南，右手向上，是菩提的理相；

[1] 周振甫译注：《易经译注》，中华书局，1991年，第35页。

下踏莲华是八相之道的理相。左手向下，化超度众生之理相。头顶天，身体呈太极之相。为何这样说呢？因这是肝心脾肺肾五脏，即是木火土金水五行。将莲台称为“八相”，也就是乾兑离震巽坎艮坤八卦，以此比喻人心，则有“八识”之相。右手抬高而指乾，左手放低指巽，两手结印。眉间之白光照太阳之合相，这是天的正中，时间为正午，方位属南方，南为方位之始，故本无方位，只是人伫立向天，头顶太阳时为正午，以南方为方位起始，从本无方位而言，因此说“南无”。故无无无有，有就是无，无就是有，天地开辟为木火土金水之姿，这也是佛体，也是人体五行，本来之八识，而莲华也为八枚。[1]

[1]《构宅安危论》手抄本有章节，无页码，故后面的引文不再加注。

第二节　日本宅相学简述

《构宅安危论》虽然没有公开出版，但川端康成在自己的作品中多次提到它，因此可以推测它与川端康成的创作有着不可分割的联系。

1995年9月，承蒙我的指导教官、东京大学教授川本皓嗣先生的介绍，我拜访了位于镰仓的川端康成的旧宅。川端康成于1946年1月从镰仓一阶堂迁居于此。这是一座古老的木结构房屋，后院一带有在小说《山之音》中被作为环境背景的后山。据说在关东大地震的时候，这座住宅周围的房屋几乎全部倒塌，而这座看起来很不结实的木结构建筑却完好无损，周围的人们都来这里避难，我想这大概也和宅相学有关。在川端家，川端康成的女婿、养子川端香男里先生接待了我，并送给了我一份《构宅安危论》原稿的复印件。

《构宅安危论》是有关住房的相学之书，也就是有关风水的书，严密一点儿说，是有关阳宅的相学之书。

风水一词，是中国古代的阴阳道用语，即选择墓地时，判断地质的方位之吉凶时的用语。有关如何正确地选择墓地的说法，早在《周礼》上就有所提及，附会于阴阳祸福之说，则是在汉以后。作为阴阳道中的“风水”这个词，最早见于东汉郭璞的《葬经》，《葬经》曰：“葬者，乘生气也，气乘风则散，界水则止，古人聚之使之不散，行之使有止，故谓之风水也。”[1]

风水一词，本是专言墓葬之事，但在不知不觉间，扩展到了都城和住宅的领域，《朱子语录》曰：“古今建都之地，莫过于冀，所谓无风以散之，有水以界之。”[2]

在中国，“风水”一词，用于如何选择墓地、都城、住宅的学问中，而在风水学中，将活着的人住的都城、住宅等叫做“阳宅”，将埋葬死者的墓地叫做“阴宅”。

日本早在飞鸟时代就流行火葬，和中国比起来，土葬的实行度很低。一般的日本墓地都是在庙里，许多坟墓集中在一起，地方也比较狭窄，很难按照风水学一一选择墓

[1] 诸桥辙次：《大汉和词典》第12卷，大修馆书店，1987年，第335页。

[2] 同上。

地的方位、用地等，因此在日本作为“阴宅”的风水学不是特别的发达。而中国一直到20世纪50年代，基本上都是实行土葬，墓地一般都选择开阔的田野，许多坟墓集中在一块窄小的地方的情况也比较少见，因此按照风水学选择墓地的余地很大，而且从宗教上来讲，传统的中国人也比日本人更重视“阴间”，因此作为研究“阴宅”的风水学的著作非常之多。而在日本，研究“阴宅”的风水学的并不多见，与此相对，研究“阳宅”，也就是日本人所说的“家相”的书，则非常之多，直到现在还是到处可见。川端康成祖父的《构宅安危论》就是研究“阳宅”风水学的书，用日语来讲，就是研究“家相”的书。

《构宅安危论》一书是由“地理宅相辩”“堂宫房顶之部”“房屋天井地板之部”等35个部分和后记及川端三八郎的弟子、在川端三八郎口述《构宅安危论》时为其做记录的名叫“自乐”的人所写下的一小段文字构成。《构宅安危论》是用阴阳五行等风水学说，谈日本式建筑的吉凶祸福的著作，从房屋里的榻榻米的铺设、拉窗的装入方法，到庭院内泉水、假山的营造方法；从商店、神社、庙宇的方位到国家的城等大型建筑物的构成，都一一加以详细说明，文章虽然不长，但内容丰富扎实。

如上所述，以家宅方位论及人命运之说，早在《周礼》上就有所提及。中国最早的风水学著作，可举《黄帝宅经》《营造宅经》，等等；到了汉唐有《阴阳五要奇书》《三白宝海》《风水口义》《地理小卷》等著述；宋明时代则是《阴契阳符》《相宅要说》等比较流行；到了清代，更有《三才发秘》《地理辨正》集其大成；到了近代以后，风水学虽然在中国大陆有所衰落，但在其他中华文化圈的世界中仍是方兴未艾，甚至成了日常生活中重要的组成部分。

在日本，阳宅的学问“家相”学兴盛于江户时代中期，精通易学的神谷古历以易学为基础倡导家相学，并欲形成流派流传于世。神谷古历大致活跃在宽政年间（1789—1801年），著述颇丰，除《家相玄机》《家相八卦乾坤奥义》《相地相宅方位说》等比较著名之外，古历全书14卷也大部分流传在世，如用一句话来概括神谷古历学派的特点，可以说他是八卦论断宅相、地相的宅相运命学上的易学派。

宽政十年（1798年），继神谷古历之后又出现了一个宅相大师名叫松浦东鸡，著有《家相图解》《家相大全》《风水玄机录》《家相密传四神卷》《斑鸠夜话集》等著作。与神谷古历以易学为宅相之根本相对，松浦东鸡所创造的宅相流派以干支学为根本，因此称为“干支派”，也就是让宅相配以干支论断运命之流派。

在此期间，还有浅井金兰、苗村元长、吉田元长、吉田德谦等宅相学家比较活跃，但是都没有形成流派，只是在东鸡门下，又出现了被称为日本宅相的“中兴之祖”的大家松浦琴鹤。

琴鹤虽出自东鸡门下，但不以干支为本说宅相，而是采用九星方位之说，并向其师东鸡宣传九星方位说，可是东鸡不容其说，琴鹤断然离其师门，自立流派，倡导九星宅相说。此人著书颇丰，留有《家相秘传集》《方鉴秘传集》《安宅神咒和解》《八宅明镜图解》《地理风水传密奥传》《风水四神》等著作。

第三节 《构宅安危论》的易学位置与成书年代

《构宅安危论》这部宅相学著作，似乎很难将其归属于日本宅相学中的某一派别，它既不属于古历的易学派，也不属于东鸡的干支派，更不能算作琴鹤的九星派，应该说它是以干支法为主，也积极运用易经及九星学说的兼收并蓄、博采众家的宅相学著作。

《构宅安危论》用干支法解释宅相的部分最多，用易学之法的也俯首皆是，如在“建筑物的吉凶与房间数之部”这一节中如下的段落，可以说是以干支法结合易学法对宅相的一种综合性的解释，如：

戌亥方向横梁之长度十间（日本的长度单位，一间约合1.818米）或十间半、一间或一间半、两间或两间半为大吉相，此乃以壬之水相配以乾兑之金相而成金生水之相，由此人之魂魄沉着而暴行不起，专于大事。戌亥方向横梁之长度应避于六间之数，此乃专于金钱通融之数，大行此道，反遭其害。万事积土成山，勉为其难则不及，不及而为之则华而不实，初行事而好高骛远，则有失坚实。

《构宅安危论》中也有运用九星之法论断宅相的段落，如“碓臼安置之部”中写道：

又曰：如于人之生年之九星之本命定座之正中方位置碓臼之器，入米麦或踏或捣之时，则如捣人之头，故会染头痛之疾。然本命九星之定座，北为子一

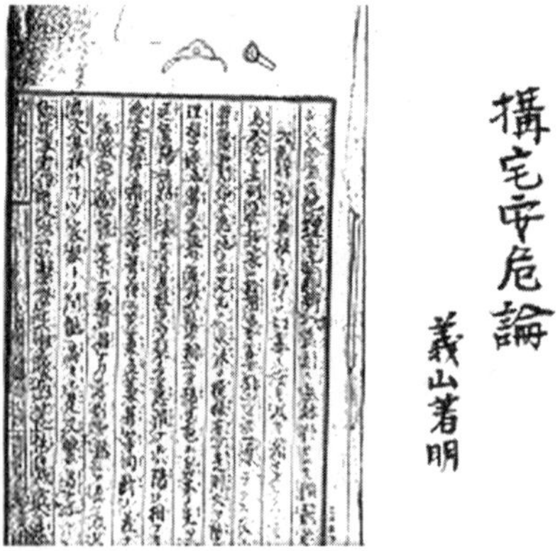

《构宅安危论》原稿

白，定座于坎；八白为丑寅，定座于艮；三碧定座于卯，为震之方；四绿座于辰巳，为巽之方；九紫定座于南午，为离之方；二黑座于未申，为坤之方；七赤定座于西酉，为兑之方；六白定座于戌亥，则为乾局；五黄定座于中宫，方位为正中。

关于《构宅安危论》的成书年代，在《构宅安危论》的“奥之部”里，写有“七十二岁翁川端义山”的字样，“义山”想必是川端三八郎自封的号，三八郎死后的法号为“泰安院德誉义山万邦居士”。在川端康成的《十六岁的日记》“后记之二”中写道：

《十六岁的日记》发表于大正十四年，我27岁的时候，是记载大正三年5月间的事情的日记，那时我16岁，从执笔的时间来看，是我发表的作品中最早的一部。在这个全集中（新潮社版《川端康成全集》）也放在了卷首（所谓“16岁”，是虚岁，其实是满14岁）。[1]

---

[1] 川端康成：《十六岁的日记》，《川端康成全集》第2卷，新潮社，1980年，第25页。

由此可见，使用虚岁，是当时的风潮。川端三八郎于大正三年（1914）5月20日逝世于自宅，满73岁，虚岁74岁。由此可见，《构宅安危论》完成于川端三八郎虚岁72之时，也就是大正元年（1912）。

在《十六岁的日记》中，还有如下记载：

——夜，一翻桌子的抽屉，《构宅安危论》就会被翻出来，这是一本由祖父口述，由自乐（邻村的男子，祖父易学和宅相学的弟子。这本书是有关宅相的书）记录而成的。为了出版，曾和丰川（大阪的大财主）商谈，但最终没能出版。而这本书的草稿完全被祖父遗忘了，一直塞在我的抽屉里。

……

还有，祖父之所以和丰川这个有钱人相识，是由于寺庙的事。我们村里有个尼寺，好像是我家祖上过去建造的寺庙，寺庙的建筑物和山林田地都在我家的名下，尼姑也入了我家的户籍。这个寺庙属于黄檗宗，以虚空藏菩萨为本尊。在每年“十三参”[1]的日子里，近乡近邻的13岁的孩子们都集中在这里，

[1] 在京都一带，每到旧历三月十三日（现今为阳历4月13日），13岁的少男、少女为了学得福德、智慧和音声，盛装去庙中参诣虚空藏菩萨。

非常热闹。可是，离我们村子约一里（日本的距离单位，一里合3.9千米）地的北边的有名的山寺的圣僧决定到这个寺庙里来，祖父觉得非常可喜可贺，把尼姑赶了出去，也放弃了与寺庙有关的财产。寺庙被扩大，改建，变得很壮观，寺名也改了。在改建工事其间，虚空藏与其他五六尊佛像寄存在我家的客厅中。托这件事的福，没钱铺榻榻米而用藤席对付的客厅里被铺上了榻榻米，散发着新鲜榻榻米的芳香，而笃信这个新来的圣僧，重建寺庙，又给我们家的客厅里换上新榻榻米的，就是叫丰川的这个大财主。

……

祖父对他的独特的制药术特别自信，而使他的自信感愈发强烈的是村里流行痢疾的时候，也就是我在前面写到的尼寺改建，佛像放在我家客厅里寄存的那年夏天。那一年患痢疾的特别多，有五十户人家的村子，平均一家就有一个病人。人心骚动，光临时隔离病院就建了两处。[1]

[1] 川端康成：《十六岁的日记》，《川端康成集》，筑摩书房，1968年，第170—171页。

据《川端康成——大阪茨木时代和青春书简集》，所谓“流行痢疾的时候”，的确是大正元年，由此可见，川端三八郎是在大正元年由于寺庙之事与大财主丰川接触，并托丰川帮助他出版《构宅安危论》这部著作。

第四节 黄檗宗与川端康成祖父的易学

川端康成在《十六岁的日记》里透露，他们家里的宗教属于禅宗黄檗宗。

黄檗宗是中国明清时代高僧隐元隆琦带到日本的。

隐元虽然是中国人，但是他的主要宗教活动在日本展开，对日本宗教史、文化史产生了巨大的影响，离开了隐元，日本三大禅宗派别之——黄檗宗将无从谈起，日本河出书房出版的《日本名僧一百人》一书，把他算做日本名僧。

隐元全名为隐元隆琦，生于明朝末期的万历二十年（1592年），10岁时，因为父亲出远门一去不归，被迫辍学，为了帮助家里的生活，他小小年纪就开始下田劳动，度过了贫穷而艰辛的少年时代。

在他20岁的时候，家里人张罗着要给他办婚事，但是隐元要求不办婚事，而让他拿着办婚事的钱去寻找父亲，然后就开始了漫长的旅行。

在23岁时，他来到当时的佛教三大胜地之一——普陀山，在普陀山浓厚的佛教氛围的感召之下，他决定了断俗缘出家，29岁时终于在福建黄檗山万福寺出家。35岁时，他在嘉兴的金粟山广慧寺坐禅7日后开悟，崇祯十年（1637年）重回万福寺任住持。清顺治九年(1652年)，日本长崎华僧所建的兴福寺住持逸然及唐三寺诸护法，数度联名邀隐元东渡弘法。隐元遂于顺治十一年(1654年)五月率领徒众20人离黄檗南行，7月5日安抵日本长崎。

到日后，隐元得到后水尾天皇及德川幕府德川家纲将军的优遇，在京都宇治赐地建寺。新寺建成后，隐元不忘故山，仍命名为黄檗山万福寺，并创立一新宗派，他出版《弘戒法仪》《黄檗清规》等著作，道风大盛，皈依者不论道俗，接踵而至，打破了日本禅宗停滞的局面，被誉为日本禅宗中兴之祖。

隐元所带到日本的黄檗流念佛禅，起源于中国临济宗，其名来自唐代禅僧黄檗希运。在日本僧人来看，黄檗宗从外部看像净土宗，而从实质看又像禅宗，据说直接听过隐元说法的日本人就达一万多人，他们的到来，为日本佛教界吹进了一股清新的气息。隐元开过三回“三坛戒会”，为两千多人受戒。

隐元的法孙铁眼道光以隐元带来的明版《大藏经》为

蓝本，刻写《铁眼版一切经》（又称《黄檗版大藏经》）并印刷、刊行，不仅使日本的佛教研究得到了飞跃的发展，而且也使出版技术突飞猛进。

初传日本时，黄檗宗被称为“临济宗黄檗派”，明治九年（1876年）作为日本禅宗一宗独立。与日本原有的临济、曹洞并立，正式成为日本禅宗三派之一。后来，日本黄檗宗僧侣称福建的祖寺为“古黄檗”，称京都的新寺为“新黄檗”。日本黄檗山的建筑规模、丛林制度和宗教仪式等，完全仿照福清黄檗山的形式，至今仍然保存400多年前隐元时代的样子。

延宝元年（1673年），水尾天皇赐予隐元“大光普照国师”尊号，隐元在得到尊号三天后圆寂。

而在他圆寂后50年、100年、150年的时候，日本天皇都授予了他新的国师法号。享保7年(1722年)，灵原天皇授予他“佛慈广鉴国师”的法号；明和九年(1772年)，后桃园天皇授予他“径山首出国师”的法号；文政五年(1822年)，仁孝天皇授予他“觉性圆明国师”的法号，此外，大正六年(1917年)，大正天皇授予他“真空大师”的法号；昭和四十七年(1972年)，昭和天皇授予他“华光大师”的法号。

隐元的黄檗宗在日本生根开花，如果每一个住持算一代的话，至今已经流传了61代，到21代为止，还多是从本山派来的中国人做住持，日本住持只有5名，而从第22代住持(1786–1790年)格宗净超开始，就再没有中国人做住持了。至宝永三年（1706年），日本黄檗派寺院就已发展到1010个；到庆应三年（1867年），日本“黄檗宗”衍为八派，嗣法者达4648人，至今日本崇奉“黄檗宗”的僧俗已达数百万人。

而隐元带到日本的，不只是宗教，而且有当时中国先进的美术、医术、建筑、音乐、史学、文学、印刷、食品等等，对当时整个江户文化都产生了深刻的影响。

把中国的阴阳五行和禅学熔为一炉，是黄檗宗的一个最大特色。

古代中国人把东、西、南、北四方每一方的七宿想象为四种动物形象，叫做四象。四象指青龙、白虎、朱雀、玄武，分别代表东、西、南、北四个方向。四象在古代以易学为基础的天文阴阳学说中，也指四季天然气象。

在《周易》中，四象是指从两仪（阳仪和阴仪）衍生出来的太阳、少阴、少阳、太阴。四象又衍生出来了八卦（乾、兑、离、震、巽、坎、艮、坤）。

四象也是阴阳宅风水学的基础，“四神”镇宅，讲究天象与地象的和谐，天象保佑地象。如中国中原地区属于温带季风性气候，冬天有西伯利亚的寒流侵袭，夏天有太平洋的凉风渐进，要应付风沙、强风、阳光等，适应这种环境，以坐北朝南最佳。清代何光廷在《地学指正》中说："平阳原不畏风，然有阴阳之别，向东向南所受者温风、暖风，谓之阳风，则无妨。向西向北所受者凉风、寒风，谓之阴风，宜有近案遮拦，否则风吹骨寒，主家道败衰丁稀。"说的就是，要避免西北风的侵袭；而坐北朝南的房子可以避免这种"阴风"，还可以利用合理采光好保持冬暖夏凉；而坐西南朝东北的住宅，采光不佳还容易吸收空气中阴湿，因此地面上阳宅都以"坐北朝南"的定位来对应天象与自然环境，当然就是"左青龙、右白虎，前朱雀，后玄武"了。久而久之，青龙、白虎、朱雀、玄武的合理布阵，也成了瑞兆吉祥的象征。汉代，四神之图被大量刻入印章之中，供人们佩带以驱凶避邪，而在南北朝和隋唐时期，四神则被大量运用于铜镜的装饰，镜背图案以青龙、白虎、朱雀、玄武四神和十二属相的动物形状的十二地支组合而成美丽图案。

而五行学说，是中国传统文化的核心，五行学说认为宇宙万物，都由木火土金水五种物质成，他们运行循环与相生相克构成宇宙和社会人生存在与变化的种种形态和演进过程。

五行也以五色表现其可视特征，如金为白，木为青，水为玄（黑），火为赤（红），土为黄。

日本黄檗宗的寺庙，一般都以四神相应的形态建成，寺院的佛旗和幕帐都根据五行配以五色。

在日本爱媛县松山市黄檗宗的安城寺，有祈福的“紫阳花祈祷仪式”。

“紫阳花祈祷仪式”起源于安城寺第九代住持长正和尚，就是每年的地支为丑日的周六到翌年的丑日周六，在这个仪式中，祈福者给紫阳花系上红线，献给福寿塔中的四神，青龙会让祈福者得到天助，带来丰收和商业繁荣及家运隆盛；白虎会带来美满的婚姻，奇迹般的邂逅，保佑安产和孩子，给人勇气、力量和幸福；朱雀以它巨大的翅膀消灾免祸，带来平安与吉祥；玄武是长寿富贵之龟，和蛇的灵性结合在一起，带来长寿与繁荣。

日本黄檗宗的网页引用日本禅学家细川景一的《枯木再生花：学禅语的人生道路》（2000年11月，禅文化研究所出版）的话说：

> 在《碧岩录》第二十七则中有这样的公案：僧问云门：“树凋叶落时如何？”云门云：“体露金风。”
>
> 晚秋时节，秋风劲吹，树木的叶子开始枯黄，纷纷扬扬，尽落大地。就在这时，一个僧人问道：此时此刻，做如何想？云门禅师立即答道：“体露金风。”

“体露”，就是完全的袒露，赤裸裸地完全露出。“金风”，就是所有的宇宙万物，都是由木、火、土、金、水的相生相克而成之意。秋为金，金风即秋风。体露秋风，就是天地一派秋风吹。而根据这“树凋叶落时”的意思的不同，“体露金风”的意思也有不同。而僧人借着眼前的风景，要说什么呢？

对此有种种看法，而像《涅槃经》中所说的那样：“如大村外有娑罗林。中有一树，先林而生足一百年。……其树陈朽皮肤，枝叶悉皆脱落，唯贞实在，”即将此看成我们的烦恼妄想，更具有禅意。也就是说：我们的烦恼妄想凋零，佛教与禅之叶也都纷纷落尽，这是指迷悟两忘的绝对“无”的境界。这个僧人是携带着一丝不挂的“无”的消息来诘问云门的。

而云门淡然地答道：“体露金风。”在一望无际、晴空万里的大空之下，凉爽的秋风飒飒吹过，在这清爽的风景中风神悦怿，就是禅悟。

云门想对僧人说：“快快地收起你那神气十足的样子，别说什么‘树凋叶落时如何？’了吧。”

云门觉得他过于意气风发。

体露金风，虽是在说“无”，但也不是北风劲吹的西伯利亚大雪原那样的景象，凉爽的秋天之景，才是彻底的无的境界。

普茶料理，是隐元带到日本的佛家素食料理，普茶料理不同于日本料理，一般为四人一桌的大盘料理，虽为素餐，味道浓厚，讲究与周围环境、人的身体、饭菜饮食的五行平衡化生，调荣养卫，也将饮食与禅家修行相结合。

普茶料理的五行配合[1]

五行	五节	五味	五色	五方	五时	五官	五兽
木	人日（正月初七）	酸	青	东	春	眼	青龙
火	上巳（三月初三）	苦	红	南	夏	舌	朱雀
土	端午	甜	黄	中	伏	口	黄麟
金	七夕	辣	白	西	秋	鼻	虎
水	重阳	咸	黑（紫）	北	冬	耳	玄武

普茶料理除讲究阴阳五行，医食同源外，禅者在吃饭前还要念诵“五观之偈”：

1．计功多少　量彼来处　——感谢食物养育了众多的人与生命。

2．忖己德行　全缺应供　——反省自己行为的功过，恭谨进餐。

---

［1］见http://sgrb.exblog.jp/18715064。

3. 防心离过　贪等为宗　——不思粗精，不贪不过。

4. 正事良药　为疗形枯　——医食同源，健体良药。

5. 为成道业 今受此食　——为了成道，现在领受眼前的食物。

上面我们提到，三八郎对中医药术颇有研究，而中医是和易学有着密切联系的，中国古来就有“医易同源”之说，中医和易学在理论基础上，其实同出一辙，都是来源于阴阳、五行、八卦之说，同时他也是黄檗宗的信者，因此黄檗宗中将阴阳五行以及中医学融入佛道的思想，对三八郎影响很大。

川端三八郎在《构宅安危论》中也论述了这种思想，我们前面曾引用过的《构宅安危论》中“二层建造之部”中的如下的段落，就说明了这一点。

> 阿弥陀佛身体向南，右手向上，是菩提的理相；左手向下，化超度众生之理相；下踏莲华是八相之道的理相。头顶天，身体呈太极之相。为何这样说呢?因这是肝心脾肺肾五脏，即是木火土金水五行。将莲台称为“八相”，也就是乾兑离震巽坎艮坤八卦，以此比喻人心，则有“八识”之相。右手抬高而指乾，左手放低指巽，两手结印。眉间之白光照太阳之合相，这是天的正中，时间为正午，方位属南方，南为方位

之始，故本无方位，只是人伫立向天，头顶太阳时为正午，以南方为方位起始，从本无方位而言，因此说“南无”。故无无无有，有就是无，无就是有，天地开辟为木火土金水之姿，这也是佛体，也是人体五行，本来之八识，而莲华也为八枚。

这种佛易合璧的思想，对川端康成的创作也产生了深远的影响。

第五节 川端康成与《构宅安危论》

川端康成两岁丧父，三岁丧母，在漫长的童年、少年时代，他和半盲的祖父一起生活，祖父是他记忆中和他一起生活的唯一的亲人，想必他一定会受到祖父易学思想的熏陶；而且《构宅安危论》在很长的时间里一直放在了川端康成的抽屉里，只要他一翻抽屉就可以看到这本书，想必川端康成一定会读过这本书。

我在1995年9月参观川端康成的旧宅时所见到的《构宅安危论》原稿，是在写有“泷川印行”字样的稿纸上写下的原稿，此原稿被认真装订成册，虽已经过了83年的岁月，但仍然保存完好，由此可见川端康成对祖父遗作的爱惜。

在川端康成的作品中，除了有很多地方直接提及《构宅安危论》之外，也有许多地方表现了《构宅安危论》的间接影响。

从《构宅安危论》来看，川端三八郎是精通九星学的，川端康成受其影响，也非常熟悉九星学说。在他的小说《南方的火》中有如下的段落：

《本朝俚谚》中说："丙为阳火，午为南方之火"，时雄非常喜欢这句话。人们说火和火重叠会过于激烈，而弓子就是一个"火姑娘"。"丙午二八少女"——这带着日本古老传说色彩的话，使他所梦见的弓子像美丽的彩虹一样。不仅如此，弓子的命运之星是"四绿"，"四绿"是风流之星，一想到"四绿丙午"，他幼稚的情感就会被扇动得非常炽烈。[1]

《南方的火》中的"火和火重叠会过于激烈"虽是引自日本江户时代的经典《本朝俚谚》，但《构宅安危论》中也有意义相同的段落，《构宅安危论》中的"建筑物长度的吉凶之部"这一节中有如下的段落：

在午之方位建房的时候，在辰巳的方位所用的四、五、六间[2]之上加上半间就没有什么问题。

[1] 川端康成：《南方的火》，《川端康成全集》第2卷，新潮社，1980年，第521页。

[2] 间：日本的长度单位，一间=1.81818182米。

可是忌用三间和三间半，如果建造如此的房子，得脖子以上的疾病。为什么呢？因为午为火，三也是离的火数，这样阳气甚强，会得脑充血等病症。

《本朝俚谚》这本典籍至今还没有活字印刷本，只有东京大学等处保存着几本古本，因此可以推断，川端康成读到《本朝俚谚》这本书，是在考入东京帝国大学（东京大学的前身）之后，而关于“火和火重叠会过于激烈”这种易学的见解，可能在这以前他就在祖父的著作中看到了。

关于《南方的火》和九星学的关系，我们将在另外的文章中加以详述。

关于九星学，《十六岁的日记》还有一段主人公与前来照顾他爷爷的邻居美代的对话：

（神社里的人说）从此以后，回来后就应该马上上香，从祖上开始就是正派的名门之家，不应该有如此“毛物”（作祟之怪物），而且这“毛物”还这样无缘无故地害人。“毛物”要是要茶要饭，什么时候要就什么时候给它，好让它快些出去。这样吧，咱们按着道理行事，从明天起，就在戌亥的角落里供上茶饭。为了除邪，再从仓库里拿出一把刀来，拔出鞘

放在卧室的底下，然后明天再到神社里去向五谷神请教。（美代）

“真是不可思议。真这样做吗？”（主人公）

……

——晚饭时，祖父吃了海带卷寿司。哎呀，这是毛物在吃东西吗？看呀！喉结在动呀，现在看着是人在吃东西，可是……真是荒诞不经。可是，“毛物在吃东西”这句话，好像被刻在了我的脑海里一样，一刻也不离开。我从仓库里取出了一把长刀，在睡铺上挥舞，然后放在了被子底下。后来我自己都觉得这样做很可笑，可是那时美代却非常认真，看着在屋里劈斩着空气的我，她叫着：“对对！就是这样。”为我加油。要是叫其他人看到，一定会笑话我是发了疯。”[1]

在《十六岁的日记》中，主人公从仓库里取出了一把长刀，驱赶“毛物”，由此来看，在与美代对话时言及的“在戌亥的角落里供茶饭”这件事也很可能付诸行动。那么为什么他们要在戌亥的角落里供上茶饭呢？这种做法与

[1] 川端康成：《十六岁的日记》，《川端康成全集》第2卷，新潮社，1980年，第21页。

九星学有密切的关系。

九星学是在阴阳道中判断吉凶的一种方法，是在九曜星上配以五行进行卜筮的方法。具体地说，九星就是一白（水星，本位在北为坎）、二黑（土星，本位在西南为坤）、三碧（木星，本位在东为震）、四绿（木星，本位在东南为巽）、五黄（土星，本位在中央）、六白（金星，本位在西北为乾）、七赤（金星，本位在西为兑）、八白（土星，本位在东北为艮）、九紫（火星，本位在南为离）。

以九星卜筮，首先是根据人的生年，决定其九星，为此人的本命星。比如说，1997年，三碧木星为中宫，因此此年为三碧之年，此年所生之人的本命星就为三碧木星。

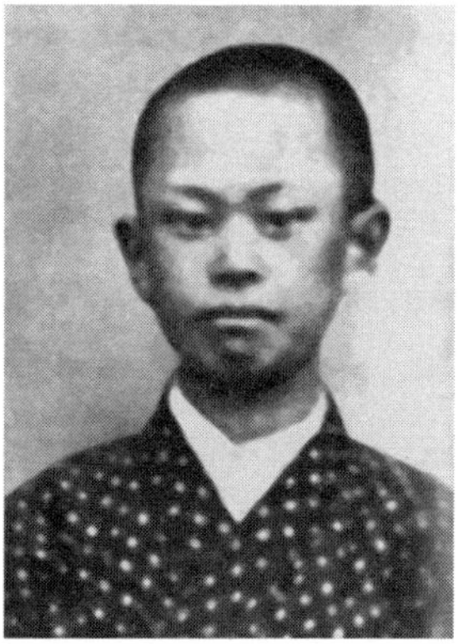

少年时代的川端康成

而在1998年，代替三碧，二黑入中宫，三碧被置换到原来的四绿之处，而四绿被置换到五黄之处，如此这般九星从大数向小数递减，然后再回到最大数——“九”，再以递减的方式循环不已。

九星不仅决定个人的“本命星”，还可以年月的变化，判定不断变化的吉凶方向，这种吉凶方位与个人的本命星无关，而是和所有的人有关。如1997年是三碧木星之年，三碧入中宫，三碧为帝，而其原来所在的东方，被一白篡夺，被篡夺之处，充满乱逆杀阀之气，为大凶之方位，被称为“暗杀剑”，而“暗杀剑”的反对方向，五黄必入，被称为“五黄杀”，也是大凶之位。除“暗杀剑”、“五黄杀”之外，九星学上还有“破（岁破、月破）”之说，该年度和月的十二支的正相反方向，就是该年该月的“破”的方位。比如说，1995年的十二支是“亥”，这个正相反的方向是“巳”。如果办事使用这个方向，所有的一切事情都会有“破”的倾向，做买卖则发生计算错误，身体也会不佳，甚至患重病。

川端康成的祖父川端三八郎的病情笃重，要在戌亥的方位供上茶饭的时候，是在大正三年（1914）年五月，大正三年（1914）年五月的十二支为巳，巳的正相反的方向是亥，戌亥的方位为“破”之方位，在“破”之方位供上茶饭，为祈祷“免破”之举。

川端三八郎也认为戌亥的方位如有“破”之虞，会有凶事。他在他的《构宅安危论》的“龙穴砂水部”中说：“西方有大川和湖水，若以舟割戌亥方位之川，运载种种物品则凶，何也？破戌亥方位之气也。”

川端康成在《十六岁的日记》中写道：“祖父从年轻的时候的时候开始，试着从事各种事业，如种茶制寒天等等，但是全都失败了。他还特别注意宅相，家里的房子盖了拆，拆了盖，渐渐地把山地田地三钱两子的都卖光了。”[1]

一般懂宅相的人，在盖房子时认真选择宅地、方位，避凶就吉，这是理所当然的，但这类事情一般都在盖房子之前来做，而很少有人“盖了拆，拆了盖”。

为什么川端三八郎会这样做呢？我想这也与他的宅相学的特殊性有关，他的宅相学，可以说是一种精细入微的宅相学。在《构宅安危论》的“建筑物长度的吉凶之部”中有如下的段落：

> 戌亥方面的檩子长度如果三间或三间半，有个三五年就会繁荣起来，积累许多财宝。但是这以后财

[1] 川端康成：《十六岁的日记》，《川端康成集》，筑摩书房，1968年，第171页。

宝散尽，打个比方说，就是大火骤燃，但是不一会儿就消失，这家人家也像做一场梦一样财产消失，衰落下去。

戍亥的方面檩子长度为三间、三间半、四间、四间半、五间、五间半而建房，这家人家大胆而喜欢华美，财宝散乱于世间，衰落下去。

戍亥的方位檩长为七间、七间半、八间、八间半而建房，这家人家的财产渐渐减少，终于衰落。

戍亥的方向檩长可为九间、九间半、十间、十间半、十一间、十一间半、十二间，可以保家。九间到十一间半为乾，十二间为兑，都是属金之数，是同气相求之相，为吉。

戍亥的方位檩子长度为十三间、十三间半、十四间、十四间半、十五间、十五间半为大凶，难保其家。为什么呢？十三间、十三间半是火克金，十四间半到十五间半也为金克木，因为相克，所以大凶。

从上面文章可以看出，川端三八郎的宅相学是精细到檩子之长度的宅相学，如此精细的家相学是非常少见的。如依照这样的宅相学盖房子，即使按照阴阳吉凶之说事前进行过精密的调查，建好房子后，也一定会发现一些不符合精密之宅相学之规则的地方，或工匠们偷工减料的地方，因此对于固执于宅相学的川端三八郎来说，将房子盖了拆，拆了盖也应是情理之中的事。

另外，川端康成晚年的作品《竹之声桃之花》似乎也与《构宅安危论》有关系。在《竹之声桃之花》中，主人公宫川家的后院里有一座小山，山顶上有一棵大松树，宫川认为那棵大松树的年龄是自己的好几倍，而且自己死了这棵大松树也不会死。可是，那棵松树死了，宫川觉得松树的死是自己的凶兆。后来一只鹰落到了这棵树上，鹰是从来不到这座山里来的，宫川为鹰的到来感到十分高兴，认为这是自己瑞祥的吉兆。

为什么宫川会认为松树的死是一种凶兆呢？这种想法是与宅相学有一定的关系的。在《构宅安危论》中也有房子周围的树木与人的命运的关系的论述，在《构宅安危论》的“树木之部”中有如下的段落：

> 宅地中有大树，在切断粗干大枝的时候，如果切口呈现出将房子吞入之相，这家的主人短命，因为此树木为吞人之相。人们说有这样的树木就会吞人，是因为这样的树木呈现吞人之相。栽种如此的树木为凶，而树木很高大，横枝伸得过长，许多长枝伸向宅地外，则泄漏家势之气，邻家的树枝伸过来也是凶相。而树木超过房顶好几米的人家，家人负于树之

势，凶。树干八尺或者一丈，这个树枝伸展，覆盖房子，这个人家渐渐衰落，为凶。但是如果这个人家的家门很大，大树偏于戍亥之隅，则非凶而吉。

在《竹之声桃之花》中，为什么宫川把松树的死看作凶兆，而把鹰的到来看作吉兆呢？因为松和鹰都是长寿的象征，《史记》中有诗曰：“千年之松，上有菟丝，下有茯苓”，松树死了，枯了，而且人在宅相学上和树有着密切的关系，因此宫川老人认为松树的死是凶兆也不是不可思议的了。

鹰在东洋也被看做是长寿的动物，在日本文正、天宝时期的典籍《古今要览稿》中云：

新修鹰经云：凡毛者欲刚密鲜净，故传玄蜀都赋曰：青体素羽取其净。又、鹰赋云：颈翮二六，机速体轻，取毛竖，背上有光，顶面毛洁者，此寿之相也。[1]

总之，川端康成祖父川端三八郎的著作《构宅安危

[1] 市岛谦吉编：《古今要览稿》第六，国书刊行会，1907年，第452页。

论》是一本很有价值的有关风水学特别是宅相学的著作，同时，这部著作与川端康成的创作有着各种各样的直接的与间接的联系，它是日本近代文学研究领域的一个非常重要的资料。

但在本文发表以前，关于《构宅安危论》与川端康成创作的关系的研究一直是一个空白，而且笔者无论在知识面上还是在研究水平上，都有许多力不从心之处，发表此文，其最大的目的在于"抛砖引玉"，希望有更多的研究者来填补这一空白。

第二章
川端康成与吴清源及易学

第一节　吴清源与日本

吴清源是著名围棋手，号称“昭和棋圣”。他一生雄居“天下第一”的无冕王位，晚年又将毕生精力放在了提携后进、促进围棋国际化和中日围棋的交流与发展上，他更以独特的感悟，融汇古老的中华文化和精湛的日本现代棋艺，提出21世纪的围棋——六合之棋。

吴清源和许多中日名人都有交往，如与蒋介石、日本前首相犬养毅、中国京剧名角梅兰芳、日本诺贝尔文学奖获得者川端康成都有过交往，特别是和川端康成，无论是战前还是战后都交往密切，可以说是密友。而吴清源从小受私塾教育，对中国的古典文化，特别是易学，有着相当深的研究，并把易学运用在他的棋艺中。川端康成受其影响，“读了一些中国古代的天文、历

幼年时代的吴清源

法、易学和思想方面的书。”[1]

吴清源的父亲吴毅曾留学日本，准确时间无法确定，大约是1913年到1914年之间，据说毕业于当时的东京帝国大学法学系，还有一说是毕业于法政大学。据说吴毅对学习法律并不太感兴趣，而对围棋却特别热心，经常去当时的日本围棋团体“方圆社”，与当时的八段棋士中川龟三郎学习围棋，留学回国时带回《新桃花泉》和本因坊道策的棋谱。

吴清源7岁起跟爸爸学棋，后来拜顾水如为师。13岁时让先与当时的名手过惕生对局，半目获胜。青少年时

[1] 川端康成：《吴清源棋谈》，《川端康成全集》第11卷，新潮社，1969年，第377页。

期，在中国棋坛中已无敌手，当时的北洋政府总理段祺瑞曾经聘请他到府中与段下棋，他赢了段祺瑞的消息曾在当时的北京《晨报》上刊登。

1926年，日本棋手岩本薰六段和小杉丁四段来中国游历，在让子局中，对吴清源胜多负少。二人回国后，在游记中说及此事，遂引起日本棋院高手濑越宪作的注意。

1927年（昭和二年），井上孝平五段去北京游访时，让二子与吴清源对弈，结果中盘大败，再改以让先三局，弈成一胜一和一打掛。井上回国后，对吴清源大加夸奖，称他有胜过传闻之才能，并说吴清源有三段力量。

消息传得很快，日本报章也报导中国发现了天才神童。当时日本的围棋界的长老濑越

吴清源的父亲吴毅

吴清源和长兄吴浣

宪作七段求助于当时著名政治家犬养毅帮助吴清源来日，最后决定让当时日本棋院的总裁大仓喜七郎资助吴清源来日。1928年，濑越派高足桥本宇太郎专程去北京，办理吴清源来日的具体事宜，同时正式考察一下吴清源的棋力。结果桥本四段让先两局皆败。同年10月18日，吴清源和母亲张舒文、长兄吴浣一起从天津塘沽港赴日留学，23日到达日本，当时的日本名人秀哉亲自率领众棋士到火车站迎接。

吴清源到了日本，大仓喜七郎答应每月资助清源200日元，两年为期。两年以后，清源能否在日本站住脚，也就是说，能不能得到日本棋院承认他具有作一个棋士的资格，就要看自己的棋力能否长足进步。

吴清源第一位对手是1928年12月1日与当年大手合最优胜者篠原正美四段对局，手合为吴清源受先。二人激战三天，篠原最后中盘告负。接着，秀哉名人上场，吴清源受二子。结果黑棋以四目胜而终局。秀哉局后评道："黑棋态势极为厚重踏实，持优势保持直到终局，布武堂堂，使白未得可乘之隙。此二子局可作为悦心杰作。"

1929年，吴清源在与本因坊秀哉进行考试对局，结果被正式承认为三段棋士。

1930年，吴清源晋升四段，并在这一年成为日本棋院的正式棋士，开始参加日本棋院的一年中春秋两度的大手合。

1932年春季比赛中，他又获全胜，取得第一名；同年秋季比赛中，他仅负于小岛一局，得第二名。晋升为五段棋士。

1933年，和木谷实一起研究“新布石”，之后出版《围棋革命新布石法》一书。1936年4月，加入日本国籍，并因肺浸润在富士见高原疗养所疗养。

1938年本因坊秀哉宣告引退，在引退前和木谷实下了一盘叫做引退战的棋。结果木谷实胜了。按理，木谷实应

吴清源（左）和二哥吴炎在神户

当是本因坊秀哉告退以后棋界第一人了，但是，人们认为还有吴清源在。究竟谁是第一人，还得清源和木谷实决一雌雄。于是，读卖新闻社发起木谷实与清源十盘决胜战。

1939年，吴清源晋升七段。吴清源与木谷实的“镰仓十番棋”开始。到第六局时，吴以五胜一负把木谷实降为“先相先”手合。至1941年，吴最终以六胜四负战胜木谷实七段。从此前无古人，后无来者的吴清源十番棋时代开始。

此后20余年，吴氏横扫千军，超迈前贤，雄居“天下第一”的无冕王位；尤其是那些被喻为“悬崖上的白刃格斗”的“十番棋”，更是充分展示了其过人的意志和才华。1961年，不幸遭遇车祸，1965年，由于交通事故后遗症，吴清源在第4期名人战中初次“七战全败”，后渐渐淡出一线比赛。1987年，吴清源获日本勋三等旭日中绶章，2014年逝世，享年100岁。

第二节　吴清源与易学

吴清源从小读私塾，对一些中国古典耳熟能详，特别对《易经》情有独钟。他的随笔集《莫愁》中专有一篇文章叫“易经”。他在文章中写道：

今年夏天，受报知新闻社的招待，出门去看铫子的海。那是7月末的一个阴天，是和濑越先生及小野田[1]先生等一起去的。

我喜欢看海，特别是太平洋那汹涌的波浪，像豪勇的汉子，壮丽非凡。建立在海的旁边的晓鸡馆，是

[1] 小野田，小野田千代太郎（1896年3月18日—1944年1月11日），东京人，日本围棋职业棋手，方圆社、日本棋院、棋正社等所属，八段。由于其精湛的棋艺获得鬼田强太郎的称呼，也是很有名的登山家。

我们宿泊的地方。

吃完饭，小野田先生和正在那里发呆的我谈起了易学。他也许听说了我喜欢《易经》，而且正在阅读。

小野田先生热心地研读了《易经》，每天早晨一起床，就用《易经》算今天的卦相，问吉凶。他并不是用算木和筮竹算卦，而是用围棋子代替筮竹算卦。

“吴先生，请您也用围棋子算一卦。”我问他怎么用白棋子和黑棋子算卦，他说非常简单，用手握围棋子，根据围棋子的数字来算。

小野田先生把他经年累月用《易经》算的卦用笔记本记录下来，说有好几本呢。这种努力精神是我等所不及的。小野田先生被称为“鬼田”，人们之所以敬畏他，也许是他把这种鲜为人知的努力钻研的日常行为表现在了围棋上。

人们传说的中江藤树[1]先生的美谈，可以说也是如此。

藤树先生是日本有名的阳明学的硕学，作为爱好

[1] 中江藤树：［1608年4月21日（庆长十三年3月7日）—1648年10月11日（庆安元年8月25日）］，是近江国（滋贺县）出生的江户时代初期阳明学学者。

非常喜欢围棋。由于藤树先生心境的变化，一段时间里不玩围棋了，这样的状态大约持续一两年。在这期间，藤树先生努力钻研学问，提高修养，再过了一两年，他又拿起棋子下围棋了。而令人不可思议的是，两年前和他互先（指棋类对弈时的条件，表示两人棋力相当，可以由“猜子”的程序来决定谁先谁后。）下棋的对手，无论如何也无法赢他，相反还需要藤树先生让两三个子，这真是很令人吃惊的事。

围棋不仅是技术问题，也由于这个人的精神和人格的磨炼、陶冶而提高。藤树先生就是一个好例子。我等后学必须潜心学习，从藤树先生的例子我们更应该明白这一点。

小野田先生对易学的态度与藤树先生的行为与规范，可谓如出一辙。用围棋子算卦的细致的方法我已经忘记了，但是听人说用围棋子算卦非常有意思。

如果只谈易学的道理，就是以64卦384爻，试图包罗世中所有的事情，对森罗万象进行判断。

为什么可以预算得准呢？人们会想：无数现象在这384爻中都解决是不可能的吧？但是精神集中面对易卦，所展现出的易之形和精神感应，会感知出自己将要走的道路上的命运。这里有易学的根本原理。

想起来自然现象是无数的，在384爻中无论取哪一爻，这一爻或是比喻为太阳，或是马，总之对应各种事物。在这里不能迷失，迷失了就无法明白这里的道理，这是很自然的。

青年时代的吴清源

在这里组合进阴阳十二循环，无论怎样好的卦相，也会直通最坏的卦相，我认为问题涉及算卦人的精神，而不是卦相如何。这和儒家所说“至诚如神”在精神上是一样的。因此占卜的人的人格越是得以显现，卦相就越正确地显现出来，如果不显现出占卜人的人格，就是完全可疑的，而我们自己远远没有达到至诚的境地，因此觉得算卦不算卦都一样，因此我不用《易经》算卦。

日本过去传来的龟甲预测法，就是烧了龟甲后，根据上面出现的各种形状的线条，看出种种占卜的形态，但是追究起终极，也要看行占人的精神如何吧？

同一个事情在教授别人时，也必须改变教授方法，这是自明的。同样，易占的同一卦相，根据解释这个卦相的人的心的所在，也很难说不会做出全然不同的解释。因此，无论为自己的私欲怎样占卜，也不会有正确的结果。如果有人用易占说你能成为有钱人，这就是很没意思的事情了。

人的智慧到底是有限的。

在下围棋上，我现在仍有种种的疑惑。古来出现了如此数不清的围棋形态，现在也还不知道那时围棋胜负的标准，这种事情和世上的种种事情比较起来并不多见，因此对自己不能解释的事情就只好以至诚服从神灵。

（中略）

《易经》是儒教的根源，是面向神灵之道，是现实世界和神秘世界相通的梯子般的东西，这是我的想法。

儒教教导的根源在《易经》，而传其精髓的典籍有《大学》《中庸》，如果用围棋作比喻，《大学》传的是棋理，《中庸》传的棋形之外的神秘。《中庸》中的所谓“至诚如神，无成无不成”之意，非常完美地传达了这种精神。

无形而使人相信之事，正是超越了现实的神秘的世界，其处体现了《中庸》所必然捕捉到的无限之形。取得阴阳调和即均衡的是《易经》。如果讲《大学》，《大学》的根本思想在下面的文章中体现得很明确：

古之欲明明德于天下者，先治其国；欲治其国者，先齐其家；欲齐其家者，先修其身；欲修其身者，先正其心；欲正其心者，先诚其意；欲诚其患者，先致其知；致知在格物。[1]

吴清源对《易经》简直就是爱不释手，在随笔《草矢》中，他记载了他和木谷实同游信州地狱谷温泉的一段经历：

走向地狱谷的时候，我觉得来到这里真好。

在山谷的瘴气狂乱地笼罩在身旁的深山里，对我纤细的神经来说有些严酷。可是，在这里眺望的明亮的温泉溪水，给我的肌肤送来令人愉快的风。

[1] 吴清源：《莫愁》，《吴清源棋话》，三一书房，1993年，第208—212页。

我带来了《易经》的上卷和《中庸》，这两本都是我爱读的经书。《易经》的易据说是从蜥蜴而来，因为蜥蜴每天要12次改变身体的颜色，因此被转用为“变易”之意。

蜥蜴的颜色大概是随着周围环境变化的吧？

被木谷先生这样一问，我们就谈起了易学的话题，然后我说：“来到地狱谷，我也必须变色。”[1]

[1] 吴清源：“莫愁”，《吴清源棋话》，三一书房，1993年，第181—182页。

第三节　吴清源与川端康成及易学

据川端康成的纪实文学《名人》，川端和吴清源的第一次见面是在1932年（昭和七年），当时秀哉名人让二子与吴清源对局，川端和直木三十五一起观看了那次对局。川端康成在《名人》中这样写道："在伊东的暖香园，我和直木三十五一同见到了名人让二子与其对局的吴清源，那是在昭和七年。""我认识本因坊和吴清源是直木三十五为我引见的。"他写道：6年前（1932年）吴清源只有十几岁，川端认为他的风貌具有"高贵少女的睿智和爱怜"。[1]

1938年，他们之间又有了一段非常深的交往。据日本作家桐山桂一所著《吴家百年——吴清源与他的兄弟》

[1] 见川端康成《名人》，《昭和文学全集》第5卷，第123页。

一书，1938年6月26日，在东京芝公园的红叶馆一楼的大客厅里，名人本因坊秀哉和七段棋士木谷实正相向坐在棋盘两端。秀哉已经决定引退，这天是秀哉下引退棋的第一天。

在围棋史上，这次名人的引退棋同时也宣告了本因坊这一宗家世袭制的结束，是围棋界划时代的一件大事。

策划这次名人引退棋的是大阪每日新闻社和东京日日新闻社。它们都是现在的每日新闻社的前身。

川端康成负责写这次名人引退棋的观战记，吴清源担任解说。关于吴清源被选为解说人一事，《每日新闻》有记载说："作为天才棋士的他是木谷七段最强劲的对手，并且与本因坊名人也缘分颇深。"川端康成的观战记不久之后写了小说《名人》。

开始于东京芝公园红叶馆内的引退棋，后来移到箱根的奈良屋旅馆继续进行。这一局棋持续了半年时间，到12月4日才告结束。这是围棋史上历时最长的一次比赛，原因是秀哉患有心脏病，比赛期间，他由于身体出现不适，不得已住院接受治疗。

《东京日日新闻》的围棋专栏记者每周都要去见吴清源，并送去对局的棋谱，当时吴清源正在富士见高原疗养。吴清源看过后加以解说，记者做笔录，回来后交给川端康成，然后川端再把它写进观战记里。在刚才提到的

《名人》一书中，川端也写到了正在疗养的吴清源：

吴六段因为下围棋下得过多，把身体搞坏了。而且中国和日本之间的战争也使他很伤心。他在随笔中写道，希望早日迎来和平的一天，到那时，他将与中日两国的风流雅士们一起在阳光明媚的太湖上泛舟同游。在休养期间，他在病榻上正在阅读《书经》《神仙通鉴》和《吕祖全书》等书。[1]

当时的报纸关于名人引退围棋赛的报道

[1] 见川端康成《名人》，《昭和文学全集》第5卷，第122页。

川端康成是在1938年8月19日来到富士见高原疗养所的，担任这次比赛采访的记者把川端康成接到轻井泽别墅，在小诸乘“小海线”电车，在上诹访温泉宿泊，第二天早晨来到了富士见高原疗养所。川端康成在《名人》中说，6年前（1932年）吴清源只有十几岁，川端认为他的风貌具有“高贵少女的睿智和爱怜”，而6年后“他又增添了高贵的年轻僧侣般的风貌。他的耳朵和脑袋是一副贵人相。可以说迄今还没有看到过像他这样给人以强烈的天才之印象的人。”[1]

川端康成向吴清源请教有关名人引退棋谱的说明，川端康成为投入全身心下这盘棋的本因坊秀哉和七段棋士木谷实所感动，想从吴清源嘴里听到有关两个人的精神世界的解释，但是吴清源只做了“棋下得很细腻”等简单的说明。

1939年2月，吴清源和川端一起去了伊豆半岛旅游。这是吴清源的病友安田善一安排的，他们在一起野餐、打乒乓球、游览名胜。川端夫人秀子也来了。

川端深爱伊豆半岛，曾经写过《伊豆舞女》一书。

在伊豆，他们进行了很深入的交谈。吴清源对川端说到了自己做的梦，说在梦中他经常下围棋。川端饶有兴致

[1] 见川端康成《名人》，《昭和文学全集》第5卷，第123页。

地听着，这时吴清源说出了这样的话：

我在下棋的时候，经常会有一种感觉，总觉得这手棋好像在什么地方见到过。

后来我想会不会是在梦中见到过呢？

吴清源在梦中下棋的对手多是木谷实。川端想起了从文艺春秋社的一位编辑处听来的逸闻。吴清源在疗养的时候，这位编辑曾经住在吴清源的隔壁房间里。在万籁俱寂的夜半时分，他听到过围棋落在棋盘上的声音。[1]

现实中的棋已经在梦中下

吴清源（中）和川端夫妇在伊豆的下茂贺温泉

[1] 桐山桂一所：《吴家百年——吴清源与他的兄弟》，岩波书店，2009年，第264页。

过了，这种说法听起来多少让人感觉有些难以置信。川端康成把它写进了《名人》中：

我和吴六段接受邀请，一同去了南伊豆的下贺茂温泉，听他说起了梦中下围棋的事情。他好像在梦中下过妙招。醒来后，还能依稀记起部分棋形。[1]

战后，川端康成和吴清源一直交往，从1953年8月19日到12月7日，他在《读卖新闻夕刊》上发表连载《吴清源围棋谈》，这里多处涉及易学。在《吴清源围棋谈》中川端康成写道：

吴清源九段今年（昭和二十八年）39岁，来了日本已经25年了。

我的脑海中留下了少年的吴清源，十几岁的吴清源的印象，听说他已经39岁了，我不由地吃了一惊：已经到了这个年龄了吗？而吴先生的脸和少年时代相比没有什么大的变化，穿过漫长的岁月而不变不动的东西停留在这张脸上。无论是少年时代还是39岁的现

[1] 川端康成：《名人》，《昭和文学全集》第5卷，第123页。

在，仍是这张超越年龄充满智慧的脸，看到吴先生，总让人感到一种清新的芬芳。

为了写《吴清源围棋谈》，我造访了住在箱根仙石原的吴先生，连续三天，每天听他谈三四个小时，我快速记录下他所谈的大概。但是我不是把速记原封不动地写下来，而是以此为基础信笔写来，可能这里误传吴先生之意的罪过不少。”[1]

……

我问了吴先生有关围棋的起源，由于围棋起源于几千年以前，大概属于神话传说一类，也许正史上没有记载，我是抱着一种很轻松的心情问一问罢了。我想先问他围棋的起源，然后再问他中国围棋的历史。

而吴先生的起源说是独特的，是很有特点的，或者说是吴先生所想象的起源说。从这个想象中，似乎可以看到吴先生自己的围棋哲学。“这是我的想象。”吴先生首先这样说，“围棋这个东西，是中国哲学里的360的阴阳，也就是说，也许是和天文学相关联而发生的。棋盘上有361个格子，而天体由360这个数字而成。也许围棋在开始的时候并不是胜负之

[1] 川端康成：《吴清源棋谈》，《川端康成全集》第11卷，新潮社，1969年，第323页。

事，可能是研究天文的道具。”

围棋盘的361个格子是模仿天体这种说法很普遍，不是吴先生的新说。除去太极的一，360就是天体的数字，将棋盘四分就是四季，一隅90，就是一季的数字，外围之72就是72候，而黑子与白子表示阴阳，但是“围棋不是胜负之事”这种说法我还是头一次听说。[1]

但是正像在吴先生的《莫愁》中所见到的那样，舜帝死的时候，弹着舜帝生前所喜爱的琴悲歌，并投入湘江的两个妃子，是尧帝的两个女儿。在《莫愁》中，也写了有关伊蒲子[2]的事情。吴先生说：“把帝位让给自己的儿子是理所当然的。但是尧让帝位予舜，却教儿子丹朱学围棋。为什么教他学围棋呢？如果围棋只是胜负之事，那么尧教给没有让他继承帝位

---

[1] 川端康成：《吴清源棋谈》，《川端康成全集》第11卷，新潮社，1969年，第373–374页。

[2] 伊蒲子，生卒年待考，本姓伊，名畴，传说中的帝舜之师。据古籍记载，蒲衣常年穿一件蒲草编的粗服，所以人们称他为蒲衣，或蒲衣子，也有的古籍记为蒲伊子、伊蒲子。相传他浑浑噩噩，淡泊名利，隐居深山之中。帝尧闻其贤，特登山造访，拜他为师。《高士传》中也有类似的故事，说帝舜也曾拜蒲衣为师，还要把天下禅让给他，蒲衣却不受而去，继续隐居在山林之间。

的儿子玩围棋从道理上讲就说不通，因为这样就不符合治理天下的道理。尧并不是给儿子围棋这一游戏的工具，而是作为研究天文的工具传授他围棋。我想可能是这样对他说：你去研究天文吧，再去研究易学和祭祀。这可能是我的想象，就是围棋可能是尧帝制造的东西，以前是用来研究天文和易学时使用的。围棋也写作‘奕’，‘奕’‘易’和‘医’的发音都是‘yi’，很相似，‘历’发音为‘li’，也很相近。以前一有大事都用《易》来占卜。日本远古的时候是祭政一致，都去伊势神宫等处去问神意。按照神的旨意，神示来进行政治活动，中国远古的时候也是政祭一致，进行易占，也和天文、神示、天命等有着很深的联系。易占先是烧龟甲和兽骨看其所形成的形状，后来使用筮竹，有各种各样的方法，可能围棋盘也用来占卜。我不知道使用黑白石子是不是为了表现阴阳……”这些话可以看作吴先生的古代想象。吴先生说：“总之围棋盘是看天文的，是看易占的，因此，尧将围棋传给丹朱，可能是让他从事祭政的祭这方面的事情。这就像是日本的神代一样，是中国的远古的事情。”[1]

吴先生说：“过去祭是非常重要的事情，就连孔子这样不太谈现实以外的事情的圣人都说，‘明乎郊社之礼、禘尝之义，治国其如示诸掌乎！’”[2]说明他非常重视祭祀。

他所引用的孔子的话，因为似乎在《礼记》之中，于是我找来《礼记》，在“仲尼第二十八”中发现了，顺便我也读了“祭法、祭义、祭统”等。中国古代的祭，种类多得令人吃惊，而且也非常完备。总之，我朦胧地窥见这种祭的精神，觉得也多少触及到了吴先生的心灵的根基，真是可喜可贺。趁着这个机会，我也读了一些中国古代的天文、历法、易学和思想方面的研究书。但是如果用我这点半瓶子醋的知识去考证吴先生的说法，就有些危险了，那简直就是自找麻烦。[3]

我们在前面曾经谈过川端康成在《山之音》之中所表

[1] 川端康成：《吴清源棋谈》，《川端康成全集》第11卷，第375-376页。

[2] 同上，第377页。

[3] 同上。

现的易学精神，而《山之音》的写作时间是1949年到1954年之间，正好是在川端康成和吴清源交往的密切的时候，也和他写这篇访谈的时间部分重叠，因此《山之音》中表现出浓厚的易学精神也不足为怪了。

第三章

《麻雀的媒妁》与易占

引　子

《麻雀的媒妁》是川端康城的一篇微型小说，只有两页纸。男主人公称自己是一个“在自己的孤独中久住”的人，认为“人这个种族不过是从过去传往未来的一粒种子，和各种矿物质及植物等一起，支撑在这个宇宙漂泊的大生命的一个小小的支柱”，他对“并不认为人比其他的动物和植物尊贵”这种想法也有同感。

第一节 易占——决定婚姻的方法?

这篇小说大致的情节是这样的：男主人公的堂姐（或是表姐）正在梳妆台上转动一枚银币，她用手掌一下按住这枚银币。然后对男主人公说：如果这个银币是反面，你和这个姑娘结婚？还是不结婚？男主人公说：就和她结婚吧。

堂姐挪开手一看，说："是正面。"男主人公说："是吗？"堂姐大笑着说："为什么回答得这样有气无力？"然后把拿着的那位姑娘的照片扔出去走了。

他拾起相片看这位姑娘，觉得自己和这位姑娘结婚也可以，觉得按照家长的意志决定自己婚姻的姑娘在日本还很多。这个姑娘是很美，为了使没出息的自己觉醒，他意识到游移不定的自己很丑。

堂姐对他说：找结婚的对象，到头来不过是像抽签一样，用银币的表与里来决定的东西。

被表姐这样一说，他对自己的命运任由她白皙的手掌下的银币来决定感到了很大的欢喜，但是他知道这只不过是她在嘲笑自己而已，他的眼神寂寞地落在了房前的泉水中。他在心里拜托泉水：如果在这个姑娘之外，还有能成为自己妻子的女子，请把这个女子的脸映现在泉水中。他相信人是能透视时间与空间的，他就是如此地孤独。

而在他一心一意凝视水面的时候，神的敏锐的石子落了下来，那是两只交尾的麻雀从房顶落了下来。麻雀在水面上扑打着翅膀分开，向不同的方向飞去。他把这理解为神的闪光。

“是这样吗？”他小声地嘀咕着。

水面上细小的波纹静了下来，他全神贯注地持续地望着泉水。他的心像水面一样静得像一面镜子。于是一只麻雀的身姿鲜明地映在了水面上。这只麻雀在叫着，这声音的意味是这样的：在现实的世界中，即使你看到将成为你妻子的女人的身姿，也不会相信她将成为你的妻子吧？因此给你看一下来世妻子的姿态吧。

他对麻雀说：麻雀呀，感谢你。假如来世转生为雀，将你作为妻子，我就决定娶这个姑娘吧。看到了来世命运的人不应该在现世犹豫不决。我来世美丽而尊贵的妻子，就给我做现世结婚的媒妁吧。

于是他轻爽地向相片上的姑娘问好，并感谢伟大的神。[1]

---

[1] 川端康成：《麻雀的媒妁》，《川端康成短篇全集》，讲谈社，1964年，第191页。

第二节　小说中的易占法

这里我们可以很清楚地看到作者所接受的易学的影响，首先堂姐用银币来决定男主人公婚姻的做法实际来源于占卜中的投币法。

记录算卦方法的最原始的文献就是《易传》。《易传》是一个统称，它包括了十篇解释《易经》的文献，这十篇文献历来也被称为“十翼”。“十翼”里有一篇《系辞上传》，有史以来第一次讲解了算卦的方法：

大衍之数五十，其用四十有九。分而为二以象两，挂一以象三，揲之以四以象四时，归奇于扐以象闰。五岁再闰，故再仂而后挂。天一，地二；天三，地四；天五，地六；天七，地八；天九，地十。

天数五，地数五。五位相得而各有合，天数二十有五，地数三十，凡天地之数五十有五，此所以成变化而行鬼神也。《乾》之策二百一十有六，《坤》之策百四十有四，凡三百六十，当期之日。二篇之策万有一千五百二十，当万物之数也。是故四营而成《易》，十有八变而成卦，八卦而小成。引而伸之，触类而长之，天下之能事毕矣。显道神德行，是故可与酬酢，可与祐神矣。子曰："知变化之道者，其知神之所为乎。"[1]

翻译成现代语的意思就是说："（占问用蓍草来）演算的数目是五十五根，其中用的是四十九根，（余下的六根指六爻）。把（四十九根）分为两部分（放在上下）来象天地，（从上面的草里）抽出一根来（放在上下之间）来象天地人。（把上面的草）四根一组来分来象四时。把余下的草夹在左手指中间来象闰月。阴历五年两闰，故把下面的草（四根一组）来分，把余下的草夹在右手指中间，然后把两手指间夹的草挂起来。（《易经》以《乾》为天，《乾》用阳爻构成，阳爻—是奇数），天以奇数一三五七九为天数。（以《坤》为地，《申》

[1] 周振甫译注：《周易译注》，中华书局，1991年，第242页。

用阴爻构成，阴爻--是偶数），地以偶数二四六八十为地数。天数是五个奇数，地数是五个偶数。五个（奇数或偶数）相加而得到和数，天数（的和数）是二十五，地数（的和数）是三十。计天地的数是五十五，这是所以确定变化而能贯通鬼神的理由。占到乾卦的草共计二百十六根，占到坤卦的草共计一百四十四根，合计三百六十根，约合一年的日数。《易经》上经下经两篇占草的数合计一万一千五百二十根，与万物之数相当。因此，（六十四卦）都经过四次布策而成为《易经》，经过十八次变而成为一卦，八卦是小成。引申八卦（为六十四卦），碰上同类的事物加以扩大，天下的能事完全在内了。能够显示出道和神及德行，因此可以跟人应对，可以帮助神灵了。夫子说：‘知道变化的道的，他能知道神灵的作为吧？’。”[1]

《易经》筮法里的数学神乎其神。数学家从中发现二进制，十进制，奇数偶数，排列组合以及三阶魔方等规律。

在易学的发展过程中，人们又根据《系辞上传》上所说的方法演变出多种筮法，投币法也是其中之一。

掷币起卦法（又称以钱代蓍法）是用三枚面值相同的

[1] 周振甫译注：《周易译注》，中华书局，1991年，第241-242页。

硬币（最好用乾隆通宝），以反面为阳，正面为阴。然后双手捧着摇晃数下，抛放于桌面之上，这样就会出现以下四种组合：

1. 反、反、反为老阳画“○”

2. 正、正、正为老阴画“×”

3. 反、正、正为少阳画“—”

4. 正、反、反为少阴画“--”

每掷一次便出现一个爻象，六次便成一卦象，老阴×、老阳○为动爻，动则变，阴变阳，阳变阴。

隋唐以后人们常用的占筮方法是以钱代蓍。这也就是“火珠林推卦法”。唐代贾公彦在《周礼疏》中说：“但古用木画地，今则用钱。以三少（背面）为重钱，重钱则九也；三多（正面）为交钱，交钱则六也，两多一少为单钱，单钱则七也；两少一多为拆钱，拆钱则八也”。这样自下而上，摇六次可成一卦，从程序上比起用五十根蓍草来演算就简化的多了。最早把“以钱代蓍”起卦和通过“纳甲”理论占断归结成一个完整的占筮体系的书籍是《火珠林》一书。该书的作者以及成书年代已不可考，相传是麻衣道者所著。

这种占筮方法很早就传入了日本，在各种易学书籍上都有详细介绍，而《麻雀的媒妁》主人公的堂姐（或是表姐）在梳妆台上转动一枚银币来决定婚姻，明显受到这种易占方法的影响，而男主人公以麻雀来决定自己是否娶那位姑娘，明显受到了中国另一占法之一“黄雀叨卦”的影响。

“黄雀叨卦”，易占的一种，学名叫“鸟占”，让鸟来抽签，取意是鸟得上天灵气。

第四章

《南方的火》和易学

引　子

川端康成的《十六岁的日记》《山之音》《葬仪的名人》《抒情歌》《南方的火》等作品，都和易学有着直接和密切的联系。

除了我们在前面接触到的川端康成与易学的关系外，在他的自传体小说《葬仪的名人》中，还有如下的内容：

> 祖父通易学，擅长占断之术，他有眼疾，到了晚年，已接近全盲。他听说了姐姐危笃的消息，静静地数着筮竹，占卜孙女的性命。我帮助他这个视力衰弱的老人摆好算木，凝视着他渐渐幽暗下来的衰老的脸。两三天后，接到了姐姐的死讯，我不忍告诉他，

将那封信藏了两三个小时，最后还是下决心读给他听了。[1]

从以上的记述来看，可以说川端康成从幼小的时候就开始接受易学的影响，而从《葬仪的名人》中可以看到，他连算木都会摆，可知他在少年时代对易学已经有了相当的理解。

而在小说《南方的火》中，则更集中、更直接地体现了易学思想对川端康成的深刻影响。

川端康成以《南方的火》为题的小说，在报刊、杂志上一共发表过3篇，第1篇发表在大正十二年（1923年）7月的《新思潮》上；第2篇发表在昭和九年（1934年）7月的《文学界》上；第3篇是从1927年8月13日到12月24日，分129次连载的川端康成的第一篇报纸连载小说《海的火节》中分离出来的，他把这个长篇的第12章《鲇》经过修订删改，起名为《南方的火》，刊登在战后出版的37卷本全集中（37卷本全集第2卷收录）。

前两篇都是未完成作，第1篇《南方的火》，在结

[1] 川端康成：《葬仪的名人》，《川端康成全集》第2卷，新潮社，1980年，第77页。

束的地方写着“第一部分结束”的字样；第2篇在结束的地方写着“近期连载”，还在开头的标题下面写着“长篇”、“上部之一”的字样。

而第3篇基本吸收了前两篇的内容，被评论界称为“《南方的火》的完结版”，本文的分析将以这一版本为蓝本。

把长篇连载中的《鲇》和以此为蓝本修改而成的小说《南方的火》相比较，被修改的地方主要有如下几点：

1. 《鲇》的全文未分章节，而《南方的火》被分成20章。

2. 在《鲇》中，主人公时雄的恋人弓子的故乡是在伊豆的汤岛温泉，但在《南方的火》中，被转移到了岩手县，而且和小说的题目“鲇”相联系的汤岛温泉钓鲇鱼的场面也被清除。

3. 在《鲇》的结尾处，弓子到了时雄那里，并在第6天逃跑，《南方的火》将这一段删去了。

4. 最重要的改变，是将题目从“鲇”改成“南方的火”。

以上这些改变，可以说是和川端康成思想感情的变化相联系的，特别是和他不断深化的易学思想相联系的，弄清《南方的火》和易学的联系，也可以说是解明了川端康成思想和艺术的一个未曾涉及的神秘领域。

第一节　关于小说的题目

《南方的火》所讲述的是大学生时雄和16岁的小姑娘弓子的恋爱及恋爱失败的故事。许多论文认为，这是描写川端康成自身恋爱过程的自传体小说，而在笔者看来，即使这篇小说的故事情节和川端的恋爱经历大致相同，其主题也深深地浸淫了川端康成的易学思想，也就是他在青少年时代以祖父为媒介接受的易学精神及弥漫在那个时代的与易学紧紧相关的风俗的反映。在《南方的火》中，有如下的段落：

> 《本朝俚谚》中说："丙为阳火，午为南方之火，"时雄非常喜欢这句话。人们说火和火重叠会过于激烈，而弓子就是一个"火姑娘"。"丙午二八少女"——这带着日本古老传说色彩的话，使他所梦见

的弓子像美丽的彩虹一样。不仅如此，弓子的命运之星是“四绿”，“四绿”是风流之星，一想到“四绿丙午”，他幼稚的情感就会被煽动得非常炽烈。

——美丽、要强、顽固、喜欢打架、聪明、水性杨花、见异思迁、敏感、锐利、活泼、自由、新鲜，这种性格的姑娘和弓子一样，多生于丙午年，真是不可思议，但时雄确信这是事实。现在时过境迁已经六七年了，时雄还是确信这一点。而且丙午年生的女孩自杀的多，这个问题甚至成了新闻杂志的一个焦点，由此有许多人和他一样感到非常不可思议。

可是，以前他并不觉得这件事是迷信或不可思议，而是有切实的根据，丙午的姑娘，是战争的姑娘，他们是在明治三十九年生的，所以是日俄战争的姑娘。大多数39年生的姑娘，从38年到39年在母亲的胎内，举国上下的战争和胜利的激烈情感，是他们的胎教。同时，凯旋兵的孩子，多在39年出生，兵士们在满洲和西伯利亚的原野，成了不知明天是死是活的杀人狂，拼死战斗。这些凯旋兵和在国内等得不耐烦的女子疯狂地欢悦结合而怀上的孩子，是丙午姑娘，想到这一点，心里就会被一种说不出来的凄惨所笼罩，她们去杀男人，是理所当然的事。

而弓子也似乎深信因为自己是丙午年生人，所以一生不会有好命运。9月见到她的时候，她像是很绝望地说：

"即使到了东京，我也只能干些风俗色情之类的工作，我是丙午生人嘛！"

接着她又说道：

"'午'一直在作祟嘛。"她说这话时，那声音里又分明跃动着喜悦，这是和时雄订了婚，而从一直纠缠她的坏命运中跃起的欢喜之声，她在回首不幸的过去，也试图看到自己崭新的光明。[1]

这篇小说的题目"南方的火"，来自于作为易学基础的"洛书"和五行学说。

首先，洛书中有"后天定位"之说，传说在古代中国的禹王时代，在洛水里出现了神龟，它的背上有许多不可思议的点，在东、西、南、北、东北、东南、西北、西南、中央九个地方从一到九排列，正所谓"戴九履一，左三右七，二四为肩，六八为足，五居中央"，这就是所谓洛书的"后天定位"。（见图一）。其次，在中国的

[1] 川端康成：《南方的火》，《川端康成全集》第2卷，新潮社，1980年，第521—522页。

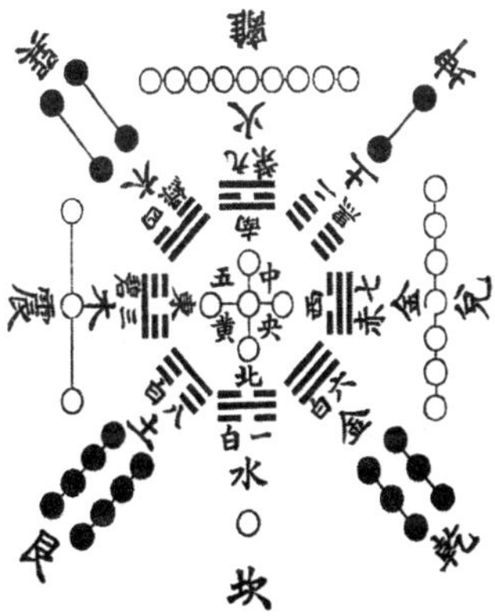

图一

图二
绘制者：Benoît Stella alias
User：BenduKiwi

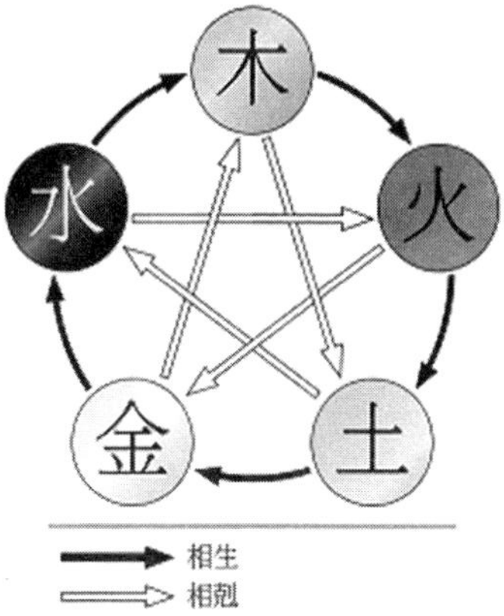

战国时代产生的五行学说，也和这篇小说的题目有关系，五行学说认为木、金、水、火、土五种元素是万物的五个基本组成部分，互相亲和、互相帮助的关系被称作“相生”“比和”；将互相伤害、互相对立称作“相克”（见图二）。

与五行学说相关联的是干支、也就是甲、乙、丙、丁、戊、己、庚、辛、壬、癸十干；子、丑、寅、卯、辰、巳、午、未、申、酉、戌、亥十二支，它们相互配合，做出六十干支和古代的太阳历、太阴历，各个干支配以五行的木、金、水、火、土，即所谓东方甲乙寅卯木，南方丙丁午巳火，西方庚辛申酉金，北方壬癸亥子水，中央戊己辰戌丑未土。

后天定位、易的八卦、干支五行互相之间都有紧密的联系（见图3）。

《南方的火》中的弓子生于明治三十九年（1906年），也就是丙午年生的女性，午位于南方，丙偏向南方，而且丙午都配属于火，这就是小说的题目的由来。

第二节 关于“丙午二八少女”

《本朝俚谚》是一部收集了许多汉典和俚谚的辞书类著作，在日本江户时代正德五年出版，全书9卷，分为5册，作者名为井泽长秀（蟠龙），至今只有错误百出的古本，没有活字本。川端康成在《南方的火》中引用的此书中的句子，见于用变体假名书写的以下段落中：

图三

丙午之女杀男子，此说在汉和之书中并无根据。近时，于好事者的穿凿之说中，言之所以忌娶丙午之女，乃因丙为阳火，午为南方之火，此为火上加火之故。大凡人之寿夭，乃命也，岂因妻之性相而令其夫死焉？[1]

由于丙午是火上加火，德川时代前半期，一般民众相信，每逢丙午年，必有大火灾。但据历史记载，在德川幕府执政的264年间，经逢5次丙午，只有弘化三年的丙午年江户有过较大火灾，因此丙午年有大火灾之说在当时被人怀疑。而到享保年间，丙午迷信变成了丙午年生的女子会吃掉丈夫这种说法，这种说法是在江户开府后的第三次丙午，也就是1726年（享保十一年）的时候，开始逐渐形成的，而在后来的1786年（天明六年）、1846年（弘化三年）、1906年（明治三十九年），排斥丙午年所生女子的风潮持续了下来，从最能反映世态炎凉的一种打油诗——川柳中就可以看到这一点，如：

“丙午一生在黑暗中度过。”

“丙午女找不到来当种马的女婿。”

“丙午女的嫁妆从远方送来。”（意为近邻都知道。）

---

[1] 井泽长秀：《本朝俚谚》第8卷（刻印本，出版社不详，东京大学图书馆藏），日本正德五年（1715年），第20—21页。

> “丙午女是远藤氏的女儿。”（“远藤”在日语里和“缘分远”发音相近）[1]

《南方的火》中写道：“丙午年生的女孩自杀的多，这个问题甚至成了新闻杂志的一个焦点。”从这里我们可以看出，作为小说《鲇》和《南方的火》的时代背景的大正时代末期和昭和时代初期，排斥丙午年所生女性的风潮并没有改变，这也许是构成《南方的火》中爱情悲剧的一个重要因素。

在江户时代，有很多人像《本朝俚谚》的作者井泽长秀那样，对丙午迷信提出异议，龙泽马琴在《燕石杂志》中指出：

《五杂俎》引《吹剑录》云：

> 丙午丁未年，中国遇之必有灾，然亦有不尽然者。即百六十阳九亦如是耳。曲亭子云：我国俗习不言丁未，然甚恐丙午庚申，或曰：丙午年所生女子，必食其夫；或曰：如庚申之日妊娠，其子必为盗贼，故凡庚申日有子者，待及月满临盆，必使其名中有金，然此事绝无本说。宋以后言及运命者，必唱八

[1] 粕谷宏纪：《新编川柳大辞典》，东京堂，1995年，第665页。

字，不闻只忌年日之由……于禄命家之说，只取生年者绝无，是之丙午年所生之女不足忌。[1]

《南方的火》的主人公时雄的看法不同于井泽长秀和龙泽马琴，他对丙午女这个俗信，“并不觉得是迷信或不可思议”，认为“他们去杀男人，是理所当然的事”。

从中国的易学观点来看，干支组合中有相克、相冲、相害、相刑，五行中的相同因素如果重叠，除辰、午、酉、亥为“自刑”外，一般不看作“不吉”，但在易占的时候，使用如下的五行纳音：

甲子乙丑海中金　丙寅丁卯炉中火
戊辰己巳大林木　庚午辛未路旁土
壬申癸酉剑锋金　甲戌乙亥山头火
丙子丁丑涧下水　戊寅己卯城头土
庚辰辛巳白蜡金　壬午癸未杨柳木
甲申乙酉井泉水　丙戌丁亥屋上土
戊子己丑霹雳火　庚寅辛卯松柏木
壬辰癸巳长流水　甲午乙未沙中金

[1] 泷泽马琴：《燕石杂志》，《日本随笔大成》，小学馆，1975年，第19卷，第282—283页。

丙申丁酉山下火　戊戌己亥平地木
庚子辛丑壁上土　壬寅癸卯金箔金
甲辰乙巳覆灯火　丙午丁未天河水
戊申己有大驿土　庚戌辛亥钗钏金
壬子癸丑桑柘木　甲寅乙卯大溪水
丙辰丁巳沙中土　戊午己未天上火
庚申辛酉石榴木　壬戌癸亥大海水[1]

五行纳音决定年命，丙午的纳音为“天河水”，干支都为火，为年命自克，因此在中国有丙午年会有灾难之说，但很多年份“年命自克”，因之中国并不只忌丙午，也没有排斥丙午所生女子的现象。

井泽长秀认为和汉之书中并无丙午迷信的根据，而《南方的火》的主人公时雄一方面喜欢井泽长秀关于丙午女的话，一方面又和井泽长秀的看法相左，认为这种说法“是有切实的根据的”，由此我们对时雄甚至川端康成的易学思想可见一斑。

如前所述，《南方的火》中写道：“‘丙午二八少女’——这带着日本古老传说色彩的话，使他所梦见的弓子像美丽的彩虹一样。”这里所说的“日本古老传说”，

[1] 邵伟华：《卜易预测学》，太白文艺出版社，1994年，第21页。

是指在日本脍炙人口的蔬菜店阿七的故事。

据民间传说，阿七是江户本乡驹入的蔬菜店市左卫门的独生女，1682年（天和二年）12月，江户发生大火灾，人们都到檀那寺里去避难，阿七和檀那寺里的“寺小姓”（过去日本寺庙中的杂役，兼充当“男色”）产生爱情。

火灾过后大家都从檀那寺里出来，阿七和这个寺小姓也失去了见面的机会。阿七思念难禁，想道：如果再有大火灾，大家不是还要到寺里去避难吗？这样不就可以和他见面了吗？于是她放了一把火，后来被抓住。翌年3月，在她16岁的时候，被处以火刑烧死。

这个传说首先在“歌祭文”（日本江户时代俗谣化的祭文）中流传，然后又被井原西鹤和纪海音写成《好色五人女》、《蔬菜店阿七》等文学作品。

因为阿七是丙午生人，因此日本人也认为阿七是丙午生人的女子被排斥的“始作俑者”。可是，阿七在俗世虽然被人疏离，但在日本文学的世界中，却是为了爱死也不惜、忠于美好恋情的人物，这个人物在这两种世界中深刻表现了日本文化的矛盾，可以说，《南方的火》也是这种矛盾的体现。在《南方的火》中，主人公时雄一方面相信“丙午女杀夫”，一方面他也在阿七恋爱的舞台——本乡痴迷地恋着丙午女弓子。也许，他是在联想着在被处火刑之前仍唱着"恋春尘风落暮樱，空留相思一缕魂"的美丽的阿七（见井原西鹤《好色五人女》卷四），一面做着与"虹一样美丽"的弓子的恋爱之梦吧？

"二八的少女"中的"二八"这个词，大概也是作者在阅读《本朝俚谚》，受到《本朝俚谚》中有关"二八"这个词的解释的启发和感染，从而引用在自己作品中的。因为有关"二八"的解释有种种，而《本朝俚谚》中的解释，最能体现《南方的火》的主题。《本朝俚谚》中写道："比红儿诗话云。俗以二八为破爪。孙绰诗。碧玉破爪时。"[1]这里的"比红儿诗话"，应为"比红儿诗注"，《本朝俚谚》中有很多误字。比红儿是唐代妓女，绝世佳人，唐代诗人罗虬为赞比红儿美貌，写过诗集《比红儿一百首》，经宋代方性天和清代沈可培校注，成《比红儿诗注》一书。书中并无《本朝俚谚》中引用的"俗以二八为破爪"这句话，但却有如下的诗：

明媚何时让玉环，
破瓜年纪百花颜。
若教貌向南朝见，

[1]《本朝俚谚》第2卷，东京大学图书馆藏，第44页。

定却梅妆似等闲。[1]

《比红儿诗注》还引用东晋诗人孙绰“碧玉破瓜时”这句诗等对这首诗进行解释：“杨太真，小字玉环。苏诗：玉环飞燕谁能嗔。古诗：碧玉破瓜时。寿阳公主，人日卧窗下，梅花点额，即依以为妆，曰梅妆。”[2]

以上所引用的就是《本朝俚谚》有关“二八”的解释的出典处，而孙绰的原诗是这样写的：

碧玉小家女。不敢攀贵德。
感郎千金意。惭无倾城色。
碧玉破瓜时。相为情颠倒。
感郎不羞赧。回身就郎抱。[3]

对照原典可知，《本朝俚谚》中的“破爪”中的爪为误字，应为“破瓜”。“破瓜”在汉语中大致有两层意思，一是指女性16岁的意思，因为“瓜”是有两个“八”

[1]（清）嘉兴沈可培白斋撰：《比红儿诗注》，《香艳丛书》第三集，卷四。

[2] 同上。

[3] 逯钦立辑校：《先秦魏晋南北朝诗》，晋诗卷13，中华书局，1983年，第902页。

字组成；二是指女性处女膜破裂。

在《南方的火》中，“二八”这个词对主人公时雄有无限的魅力——“弓子16岁，和一个16岁的少女在一起，仅此就是奇迹般的美梦。”正像《本朝俚谚》对“二八”这个词所解释的那样，16岁是处女的顶点，也是处女投入热烈的爱恋，把处女的全部神秘和美献给爱的对象的最佳年龄。和一个16岁的少女在一起，是时雄无限憧憬的青春的梦幻。他力图通过充满了生命的神秘和美的爱的获取，弥补自己作为一个孤儿的生命的缺如。

第三节 四绿星

《南方的火》中提及弓子的星相，她的星相是“四绿星”，这是易学的九星相术中的术语。九星相术是在“洛书”的方阵中的各个数字中配以各种色彩，配以年月日时，并溶入五行生克原理，从而鉴定人事吉凶的算命法。所谓九星就是一白水星，二黑土星，三碧木星，四绿木星，五黄土星，六白金星，七赤金星，八白土星，九紫火星（参照图四）。根据九星学说，首先根据人的生年，决定这个人的星相，也就是所谓的“本命星”。比如说，明治三十二年（1899年）是二黑土星之年，所以明治三十二年所生的人的“本命星”就是“二黑土星”。那么明治三十三年是什么星呢？那就是在图中所示的方阵中，将在明治三十二年所处时点中的中宫的“二黑”，用“一白水星”代替，“二黑土星”移入原来“三碧木星”的位置，

“三碧木星”移到“四绿木星”的位置……以此类推，即第一年要是“二黑”的话，第二年就是“一白”，第三年又回到了排在九星最后的“九紫”，然后就是“八白”、“七赤”、“六白”、“五黄”这样排列下去，每九年一个巡环。九星也和干支配合表示历法，如“四绿丙午”等说法。由于干支的配合是60年一个周期，九星的“九”和干支的“六十”的最小公倍数是180，因此，九星和干支配合的历法是180年一个周期，如果这种历法的第一个甲子年是“一白”的话，下一个甲子年就是“四绿”，第三个甲子年是“七赤”，第四个甲子年又回到“一白”。这种历法把从第一个甲子年到癸亥的六十年称作“上元”，第二个称作“中元”，第三个称作“下元”，这种用上、中、下三元和干支配合的历法叫“三元六甲法”（参照图五）。

图四

明治三十二年（时雄的本命星）

一	六	八
九	二	四
五	七	三

明治三十三年

九	五	七
八	一	三
四	六	二

明治三十四年

八	四	六
七	九	二
三	五	一

明治三十五年

七	三	五
六	八	一
二	四	九

明治三十六年

六	二	四
五	七	九
一	三	八

明治三十七年

五	一	三
四	六	八
九	二	七

明治三十八年

四	九	二
三	五	七
八	一	六

明治三十九年（弓子的本命星）

三	八	一
二	四	六
七	九	五

明治四十年

二	七	九
一	三	五
六	八	四

图五

“三元六甲法”是在什么时候从中国传到日本，目前还没有搞清。日本德川末期的方鉴大师松浦琴鹤在他的著作《方鉴秘传集》中说：“至人皇三十四代推古天皇之御宇而行方鉴，即此帝即位十二年为甲子上元，此说与舶来之书相符。由此三元循环以至近时：贞享元年甲子至宽保三年癸亥六十个年为上元（贞享元年为上元甲子一白）；翌延享元年甲子至享和三年癸亥六十个年为中元；翌文化元年甲子始入下元。”但是，当时和松浦琴鹤齐名的另一位方鉴家小泉松卓在九星的使用上和松浦琴鹤有一元60年的龃龉。为了协调这个不同点，德川末期的九星家们在协商的基础上，将文久4年（1864年）定为上元甲子一白，同时将文久4年改为元治元年，年号的名称里也包含着历法上的“治元”之意。[1]

从元治元年上元甲子一白算起，明治三十九年（1906年）是丙午四绿，因此《南方的火》中的弓子的本命星是四绿木星。

据九星家之说，四绿木星是“太阳高升，温暖着早晨的冷空气，围绕在四绿‘巽’位。从时期来看是早晨的七时至十一时，最利于活动。充溢着一种青叶吐出的空气

[1] 日野九思：《迷信的解剖》，东洋文化研究会，1934年，第229页。

渗透全身的感觉，体力充沛，精力旺盛。从季节上来说是四月到五月，是晚春和初夏的新绿之时。”[1]而《南方的火》中弓子的性格是“美丽、要强、顽固、喜欢打架、聪明、水性杨花、见异思迁、敏感、锐利、活泼、自由、新鲜”，是一种活动性很强的性格，和九星家之说相合。

《南方的火》中有如下对比时雄和弓子性格的段落。

“弓子的性格强，时雄弱；她明朗，他黯淡；她热热闹闹地外露，他寂寞地内敛。”[2]

还有如下的弓子打听时雄年龄的场面。

> 弓子突然问道：
>
> “矢野（时雄的姓）先生多大了？”
>
> “嗯——二十三岁。”
>
> “是吗？”弓子失神地说，又落入了沉默中。[3]

弓子16岁，生于明治三十九年，那么23岁的时雄就应该是明治三十二年生，本命星是二黑土星。据九星家之

---

[1] 石川雅章：《占的大研究》，广济堂，1977年，第70页。

[2] 川端康成：《南方的火》，《川端康成全集》第2卷，新潮社，1980年，第516页。

[3] 同上，第514页。

说，二黑土星是“中天的太阳已经开始偏向坤的未申，阳极已开始转阴，时刻是从午后一时到五时的两刻（四小时），是大气中的氧气消耗得最显著的时候，此时之所以配以黑土星，是因为所谓土气旺盛是一切已进入化生。……是外向之力内敛，一切进入冬眠体制的重要阶段。……将此作为休憩的场所，求其安堵，则成有终之美。”[1]这也和小说中时雄的性格相吻合。

为什么弓子听到了时雄的年龄后失神地陷入了沉默呢？这从九星学说上可以得到解释，弓子的本命星是四绿木，而时雄是二黑土，从五行上来看，弓子本命星的“木”克时雄本命星之“土”，再从干支上看，明治三十二年的地支为亥，五行属水；而明治三十九年的地支为午，五行属火，因此两个人的命运是相克的。

弓子曾两次说过：“‘午’一直在作祟嘛。”可以说弓子这种说法中包含着两层意思，一是丙午的二重之火是弓子自身命运不幸的征兆；二是午火和时雄的亥水相克，预示着弓子和时雄婚姻的不幸。

在时雄从岐阜归来十几天之后，弓子给时雄写信，说是要和比自己大5岁的邻居的姑娘一起到时雄这里来，时雄没有同意。

---

[1] 石川雅章：《占的大研究》，广济堂，1977年，第71–72页。

为什么弓子要干如此的傻事，要带另一个姑娘来自己热恋的人这里一起生活？我想这也和九星学说相关。

如果是比弓子大5岁的姑娘，那就是明治三十四年生人，本命星为九紫火星，和时雄的二土星相生，也和弓子自己的四绿木星相生，三人如果一起生活，则可以起到易学上的“佐”的作用，即起到缓和、调整、中和的作用。弓子首先担心自己自身二重之火的不幸命运，然后又担心自己的命运和时雄的命运相克，因此她想带比自己年长5岁的姑娘来到时雄这里一起生活。

从今天的立场来看，以上的分析也许会被以为是牵强附会，但在当时排斥丙午女风潮盛行的时代，作为丙午年所生女性来说，其心理压力的巨大是我们现代人所不能想象的吧？另外，笔者曾找来当时的日历看过，那上清楚地写着星相、年命等内容，对我们来说由于历史年代的久远而变得生疏的知识，对于当时的人们来说，只不过是常识而已。

不断发掘出的史料和2014年最新发现的史料都证明，这篇小说基本是根据川端康成初恋的真实体验写成，而且就年龄、星相、命相等来说，与川端康成及其最初的恋人是完全一致的。

下图所示为：1. 明治三十二年俗历。2. 明治三十三年俗历。3. 明治四十三年俗历。4. 大正六年俗历。5. 明治四十年俗历。6. 昭和五年俗历。7. 明治三十年俗历。

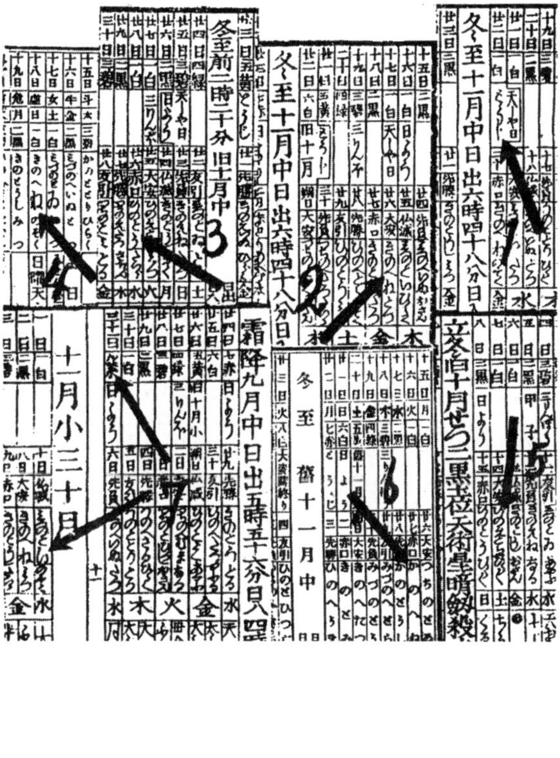

图六

第四节　解开爱之悲剧的谜

在岐阜长良川的旅馆中，弓子和时雄定下了山盟海誓般的婚约，可是不满一个月，她又给时雄寄去了奇怪的信，撕毁了两个人的婚约，而其理由无论对时雄还是对读者来说，都是难解的谜，但综合上述的分析，我们似乎可以大致解开这个难解之谜。

一、弓子作为丙午女的心理压力和她对自己与时雄命相相克的恐惧，在时雄访问她养父母家时得到了一定的缓解，负担也得到了减轻，但这些心理压力在时雄回到东京后又恢复了原样。弓子想自己解决这个问题，但遭到了时雄的拒绝，因此使弓子陷入了彻底绝望的状态。

二、时雄虽然无限向往和弓子结婚，但在心里的深层对丙午女杀父夫的俗信又深信不疑，这使他自觉不自觉地在促成和弓子结婚这件事上产生行动上的延宕，这也表现在他没给弓子寄去来东京所必需的路费这件事上。

三、时雄所向往的是充满生命神秘的处女的盛典，但在弓子那里却发生了有关弓子处女的疑惑。时雄在和水泽讨论弓子给时雄的信时，时雄说：

> “是男人的原因啊。”
>
> “我也是这样想，对于女人来说，说不出口的事还不就是不是处女了吗？”[1]

这个疑惑也是使时雄在抢救爱情时行为迟疑延宕的一个原因。

综合上述的分析，我们还可以总结出作者将《鲇》这篇作品的题目改为《南方的火》的动机。

首先，小说的题目从《鲇》改为《南方的火》，表现了川端康成易学思想的深化过程，“鲇”的意象，充满了变化性和活动性，日本的俳句和川端康成自己经常用“鲇”的意象表现无常与多变，而“南方的火”的意象，更具有必然性和宿命性。根据川端康成的日记，他在大正十二年（1923年）1月2日做了一个梦，梦见自己家的栅栏

[1] 川端康成：《南方的火》，《川端康成全集》第2卷，新潮社，1980年，第532—533页。

着了火：

> 醒来的时候，无心去分析这个梦，到了下午，想为《文艺春秋》写题为《冥护》这篇散文，可以说是为了修辞的兴趣，对此梦作了如下的方便的解释，所以梦火，是因为从元旦开始想写小说，不知写什么素材，祖父托梦教我说："不用犹豫，写《南方的火》。"而《南方的火》，是由于道子（川端最初的恋人）是丙午年生而想到的小说题目。[1]

循着这个梦的解释，川端在大正十二年和昭和二年（1927年），写了两篇以《南方的火》为题的小说。昭和二十三年（1948年），将小说《鲇》改为《南方的火》。可以说，川端在《南方的火》中所写的他在高中、大学时代的初恋以及这初恋和易学相关联的宿命主题，缠绕着他整个前半生的感情与创作，而把小说的题目从《鲇》改为《南方的火》，说明随着年龄的增长，他更加接近了其祖父的易学思想。在《鲇》的结尾处，弓子虽然撕毁了她和时雄的婚约，但又一次来到了东京，和另外的学生一起同

---

[1] 川端康成：《川端康成全集》第31卷，新潮社，1982年，第333页。

居。有一天，时雄发现了弓子的住处：

他划着了火柴，罩着火焰把手伸上去看着门上宿泊人的名札，他呢帽上积存的雨水"哗哗"地落在了他的肩上，如此的雨水声使他吃惊，他从这里跑开了。他站在道路对面烟铺的屋檐下，眺望着这座旅店略带西洋风格的高高的建筑，他看见三楼的一个窗子拉着崭新的白色窗帘，他深信这个白窗帘里面有弓子，并目不转睛地看着。忽然，旅馆的大门被静静地打开，时雄惊呆了，原来是弓子，她手里拎着木屐。时雄仍然站在那里一动不动。弓子赤着脚走了过来，她来到他的面前，把木屐放在那里，不顾满脚的泥水，穿在脚上。

"我已经看你好半天了。"弓子说。

时雄什么也没说。

"走吧。"弓子说。

"嗯？"

"到你住的地方去。"弓子说。

在乘电车的时候，时雄的帽子一旦倾斜，就会听到雨水落地的声音，时雄不知是怎样回到的宿舍。

他用自己脱下来不再穿的衣服给弓子擦脚，弓子穿上一件时雄的夹衣，脸羞得通红，在把胳膊穿进袖

> 筒里时，突然倒下去痛哭起来。
>
> 可是，在到时雄这里后的第6天，她从这里逃了出去，和接受兵役检查后回到东京的那个同居者一起去了四国。这已是7年以前的事了。时雄到现在也不能理解弓子这个女人。他多次去伊豆温泉，想她是不是会回到她父亲那里去，时雄一直在等待着和她相会的机会。[1]

在《南方的火》中，从“忽然，旅馆的大门被静静地打开”开始到最后的部分被作者删除。如果像《鲇》中所描写的那样，弓子到时雄那里住了6天的话，就可以说他们的爱情已完成了一部分，而《南方的火》删除了这部分，到“他深信这个白窗帘里面有弓子，并目不转睛地看着”这里戛然而止，可以说是更加强调了两个人悲剧的必然性。

总之，《南方的火》是一部深深渗透着川端康成从幼年时代起耳濡目染的易学思想的著作，同时也是一部充分表现川端康成文学矛盾的作品。小说的主人公，或曰作者本人作为文学青年，热烈地追求着浪漫的、如火如荼的

[1] 川端康成：《鲇》（在全集中作为“海的火祭”中的一节出现），《川端康成全集》第22卷，新潮社，1982年，第578—579页。

恋情；而与此同时，作为一个宿命论者，他从开始就洞见了他的爱情的悲剧性，一方面，他用憧憬的眼睛，眺望着爱的前景；另一方面，他又用宿命论者的眼睛凝视着爱情。他和他的恋人既是命运的挑战者，又是妥协者；既是爱的创造者，又是破坏者。他们爱的悲剧是因为宿命还是因为他们看破了命运的安排？这仍是个有待进一步研究的课题。

第五节　“重离”情结与最新发现的情书

据川端康成研究家川嶋至的《川端康成的世界》和川端康成的自传小说《焚火》，《南方的火》的主人公时雄和弓子的恋爱悲剧是川端康成自己的初恋的文学上的再现。《南方的火》中的弓子本名伊藤初代，明治三十九年（1906年）年出生，昭和二十六年（1951年）年逝世。《川端康成的世界》中这样写道：

13岁的伊藤初代，摄于本乡弓町平井写真馆

关于以这小小的恋爱事件为题材写了小说这一点，川端并没有否定，但是经常被置于主要作品群之外，较少被收入作品集中。对于普通读者来说是一种无缘的存在。但是，像川端夫人在文章中所说的那样，这个事件被翻来覆去地使用，以这个小小的恋爱事件为题材的作品较多。在川端夫人写过这篇文章以后，这一事件也经常作为素材或登场人物心理上的阴影活用在他的作品中。

如果举具体的作品的例子，则有《篝火》（大正十三年，即1924年）、《非常》（大正十三年）、《南方的火》（大正十二年至昭和二年，即1923年至1927年）等十数篇小说，川端自己也说这些的作品是“我以自己的体验为题材写的小说”，涉及这个恋爱事件的日记也已经被公开。

虽说把与同一个姑娘的恋爱作为素材，这个姑娘在作品中有时叫“道子”，有时叫“弓子”，名称不固定。而川端曾给予了这个姑娘“佐川道子”这一假名，为了方便我们称这些作品为“道子文学”。当然，以自己体验为题材写小说也未必是事实的记录，因此我们在这里，把被看做川端的青春体验而引起注目的川端和道子恋爱的大致过程通过日记和小说具体地追溯一下。

第一高中时代的川端康成

14岁的初代

道子在川端23岁的时候是16岁，出生那年是丙午年，因此是明治39年（1906年）生人。她出生在岩手县的乡下，亲生父亲做那里小学校的勤杂工。

她来到东京做咖啡店里的女服务员，在那里与川端相识。这是大正八或九年（1919—1920年）的时候，也就是川端高中高年级到上大学这个时期的事。此后她辞了女服务员的工作，成为岐阜的乡下贫困寺院里的养女。川端请朋友陪伴访问了她养父母的家，把她约到长良川岸边的旅店，川端提出要和她结婚，这是大正十年10月8日的事。她同意了，还拍了纪念照。根据作品所写的，她当时说："我没有什么可说的。如果您能要我，我是幸福的。”用川端的话来说，道子“天真无邪而好胜”，看起来“明朗而有些浮躁”，同时“没有一丁点体臭”，“病态般地苍白”，是一个“好像将快活沉没到低层，而在一直凝视着自己深层孤独的姑娘”。从她那里获得了结婚承诺的川端，与朋友三人一起访问岩手县的岩谷堂小学，在这里他们的婚约也征得了道子亲生父亲的同意。但是在订婚之后不到一个月，为迎接新生活忙着准备房间等的川端，从她那里接到了她不能和川端结婚的绝交信。

她在信中只是说有了“非常”的事情，川端和朋友们完全不明白她毁约的理由。川端觉得就是再次去岐阜找她，她要是什么都不说，也没有办法。此后她返回东京，又作为咖啡店里的女服务员出现了，但是她一直躲避川端。过了一些日子，川端从和她一同作女服务员的同事那里听说，她与一个姓内藤（假名）的学生结婚了，并去了九州。但是川端在东京看到了她在咖啡店当服务员的情景。过了一年半左右，又有传闻说她回到了乡下亲生父亲那里。过了几年后，川端在从伊豆回来的车上，看到了与她相似的人。

关于他们两个人的恋爱，能够了解的也就是这些，而上述的事情有多少是事实也并不明确。但是幸运的是，目睹这一恋爱事件的川端的朋友们的证言已经写成了文章，根据这些文章，还可以把这个事件再具体地展开一些。

为求婚第一次前往岐阜和川端同行的朋友是三明永无，最近他回顾当时的事情，写了《川端康成的回忆》（昭和四十四年，即1969年）。而一起与川端去访问道子亲生父亲所在的岩谷堂的，除了上述三明以外，有铃木彦次郎和最近逝世的石浜金作，他们分别写了题为《川端和盛冈》（昭和四十三年，即1968年）、《无常迅速：青春修业记》（昭和二十五年，即1950年）的文章，在这里先介绍一下铃木的文章：

“在我们还是高中生的时候，本乡真砂町有一个叫‘露兜树’的小咖啡店。（中略）被大家称为‘平出修的弟媳’的中年妇女当这里的店长，这里只有她像女儿一样疼爱的十四五岁的、叫千代的少女和为客人服务时完全不内行的另一位女服务员两个服务员，没有普通的咖啡店那种华丽感，而是有一点儿家庭式的气氛。……‘去露兜树吧！’——这样招呼我们的总是三明永无或石浜，川端和我是跟在他们后面的角色。因此，热热闹闹谈笑的也总是三明永无和石浜，川端话很少，在一旁闪动着目光犀利的大眼睛，一小口一小口地喝着咖啡。而川端静静地宣布要和千代结婚，是大正十年（1921

年）秋天的事。”[1]

在《篝火》中，作者也生动地写下了这段经历：

同行的友人朝仓（三明）用尽了苦心，把道子（初代）带出了寺庙，在通往“我”住宿地方的洗澡间的走廊上，“我”对朝仓说：“你先替我说呀。”朝仓告訴“我”他已和道子说过了，道子对我抱有好感。

入浴后，回到房间的“我”对道子说：

“你从朝仓那儿听说了吧？”

道子的脸倏地失去了生命的光泽，转眼间又隐隐约约泛起紅晕。

“嗯。”

我叼上烟斗，琥珀烟嘴撞击着我的牙齿，发出咯咯的响声。

“那么，你是怎么想的？”

“我没有什么可说的。”

“哦？”

“我没有可说的，如果您要我，我是幸福的。”[2]

---

[1] 川岛至：《川端康成的世界》，讲谈社，1969年，第70—71页。

[2] 川端康成：《篝火》，《川端康成短篇全集》，讲谈社，1964年，第70—71页。

初代16岁订婚时摄于岐阜

东京帝国大学时代的川端康成

另外，菊池一夫在1991年出版《川端康成婚约者伊藤初代的一生》，并获得了岩手县艺术选奖。1993年又出版了《伊藤初代的生涯续编露兜树之窗》。

2014年，川端康成和这位初恋情人往来的11封书信被公开，其中有一封川端康成未发出的信和10封初代给他的信。这封未投寄的信函全文约700字，没有署名日期，也没有信封，因此写信日期不详，但从内容推断，应该是在1921年10月下旬以后。信中，川端康成写道："由于接不到你的回信，我每天非常担心，坐卧不安"，"是不是病了呢？一想到你可能是病了，我简直夜不能寐"，"总之你要尽快来到东京，恋你，想你，不快些见面，我什么都干不下去"。而初代在10月下旬的信中曾写道："你能爱我这样的人，对我来说是真正的幸福。"

但在11月初的信中，初代却原因不明地单方面提出分手。信中，她情绪激动地写道，发生了"非常"情况，如果必须说明原因，还"不如死去更幸福"。川端在1924年发表的短篇《非常》中，除了对伊藤初代信中的一些错字略加改动外，几乎真实地再现了这封信。在11月下旬的最后一封信中，初代对川端的爱变成了怀疑和怨恨，并彻底与其诀别。

川端康成的女婿川端香男里先生较详细地讲述了这些信件的由来：

明治四十四年（1911年），模仿巴黎的咖啡店（café），在银座开业的café · printemps，是日本第一家咖啡店。这种咖啡店本来的目的是为美术家和文士们提供交际的场所，但也经常挤满了大学生和高中生，而包括川端康成在内的佐藤春夫、古崎润一郎、东乡青儿等则是本乡的咖啡店“露兜树”的常客。在这里，20岁的川端康成遇到了13岁的少女伊藤初代。

初代虽然年龄很小，但是已经尝尽人间的艰辛。她9岁丧母，被寄养在婶娘的家里，没有得到很好的照顾，还要看孩子。当时她是背着孩子上小学的，听说为此她还受到了学校的表彰。这样的环境也使她难以好好念书，几经颠沛后到了东京，被咖啡店“露兜树”的女店主收留。女店主对她非常好，像对待女儿一样待她。她显得华丽而明朗，但眼睛里也飘荡着一缕寂寞。这位和自己同样体味着孤独和寂寞的少女，使川端康成心驰神往，对她的爱恋日益加深。可是，大正九年（1920年）9月，咖啡店的女店主与东京帝国大学法学专业毕业的精英恋爱，而这个大学生毕业后就职于台湾银行，女店主也关了“露兜树”和夫君一起去了台湾。临走时，她把初代送到自己姐姐那里去寄养，而姐姐嫁给了岐阜县加纳的西方寺的住持。就在这一年，川端康成高中毕业，考上了东京帝国大学，当时他无法知道初代去了哪里。

而告诉他初代在岐阜县的寺庙里做了人家养女的是好友三明永无，而在三明的策划下，在大正十年（1921年）9月，他们去了岐阜，川端康成在相隔一

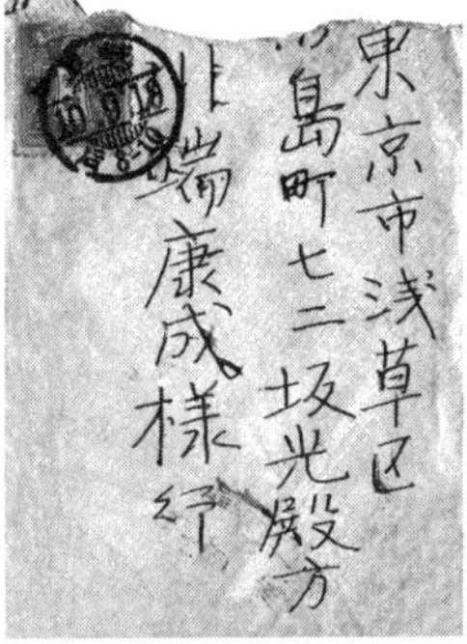

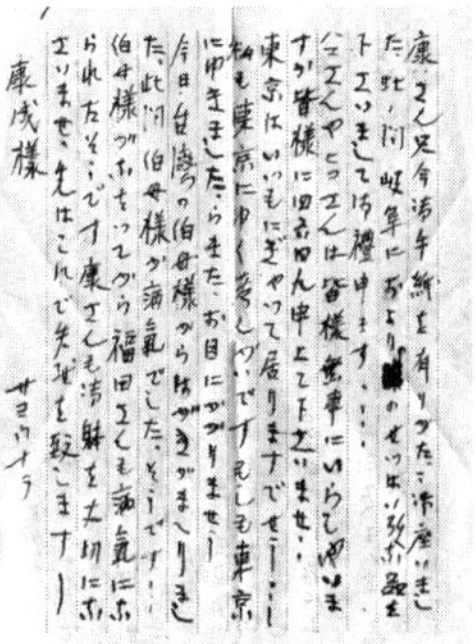

康さん只今お手紙を有りがたく御座いまし
た。此の間岐阜におより[illegible]の[illegible]
下さいまして御礼申ます。。。
[illegible]さんや[illegible]さんは皆様[illegible]
すが皆様に[illegible]申上て下さいませ。
東京はいつもにぎやかって居りますでせう。。。し
私も東京にゆく[illegible]ですがもし東京
にゆきましたらまた、お目にかかりませう
今日台湾の伯母様からはがきがまへりまし
た。此間伯母様が病気でした。そうです。。。
伯母様がおもってゐる福田さんも病気にな
られたそうです。康さんも御身を大切にな
さいませ。先はこれで失礼を致します

康成様

サヨウナラ

大正十年（1921年）9月19日初代给川端的信

年后与初代再会。从此以后，开始了伊藤初代书简的世界。[1]

从这些信中，可以看到他们在1921年9月上旬一直到11月27日之间的恋爱过程和感情的巨大起伏与变化，这些起伏和变化大致可分如下几个阶段：

1. 川端康成到岐阜以后的热恋过程。

最新发现的伊藤初代给川端康成的第一封信，邮戳盖的是“大正十年（1921年）9月19日”。正像前面川岛至的《川端康成的世界》中所说的那样，川端康成请朋友陪伴他访问了初代养父母的家，把她约

[1] 川端香男里：《川端康成与永远的少女》，《文艺春秋》，2014年8月号，第122—123页。

川端、初代及三明永无在岐阜合影

到长良川岸边的旅店，川端提出要和她结婚，这是大正十年9月8日的事。初代同意了，三个人还一起拍了纪念照，这以后川端康成回到了东京，给伊藤初代写了信，而这封信是初代写给他的回信：

康先生：

非常感谢您的来信。不久前您到岐阜的时候，给了我许多礼物，非常感谢。（略）东京总是那么热闹吧？我也想去东京，等我去了东京，我们再见面吧。

在信中，千代还告诉他，去台湾的“露兜树”的店主来了明信片，说她生病了。

初代的第二封写于10月1日，她知道了川端康成10月

8日、9日要到名古屋去，因此希望他能顺便到岐阜看她，信中写道：

听说您8日、9日要到名古屋来，请一定也来岐阜，我等着您。

在信中，千代还告诉他，自己也可能会去台湾。

2. 初代的养父母干涉他们的恋爱。

川端康成在10月上旬真的又到了岐阜，而在10月13日初代写给川端的信中，透露了养父母对他们恋爱的干涉：

康先生：

不久前您特意来到这里，非常感谢。那天我也平安回到了家中，请放心。我回到了家里，母亲大人（养母）对我说：你是不是想去东京？一起去不好吗？（略）我没有说话，但是她说了很多很多。

反正我也要回家乡去一次的，因此我也没有什么内疚。可能我去东京要在明年一二月份左右，请不要在意（养父母的干涉），尽管给我来信。

当天夜里，初代也给川端写了信，说自从川端回东京后，她“每天都和养父母吵架”。

而在14日晚上所写的信，进一步披露了他们的恋爱受到养父母干涉的事实：

> 想念的康成先生（略），有明信片寄到了您那里吧？请您不要往坏处想，我非常悲哀。我把这事说给您听吧。我从您那里接到信后，马上就给您写回信，写完信之后，母亲（养母）问我：你给谁寄信，我说给康先生寄信，她就说：不要再给康先生写信了，但是我仍然把信寄了出去，那天我和母亲激烈地争执了很久。我真的感到很厌烦，我都不知道我该写什么了。不过您不用在意，尽管写信来，我也不会在这里常住了。我想在今年以内回去。开始我就不喜欢这个地方，因此我想回去，但是有台湾方面的拜托，我也只好暂时住在这里。（略）
>
> 真的觉得厌烦，一刻也不想待在这里了。我考虑了很多，真的很令人悲哀。我一听到火车的声音，就觉得非常寂寞，每天以泪洗面。今天月亮也出来了，月亮在笑我呢！（略）快到大正十年的年末了，到了大正十一年，就能过上非常有意思的生活吧？盼望那好日子的到来。

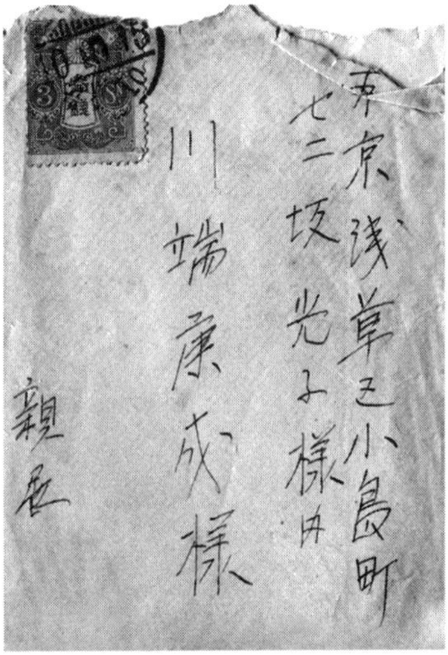

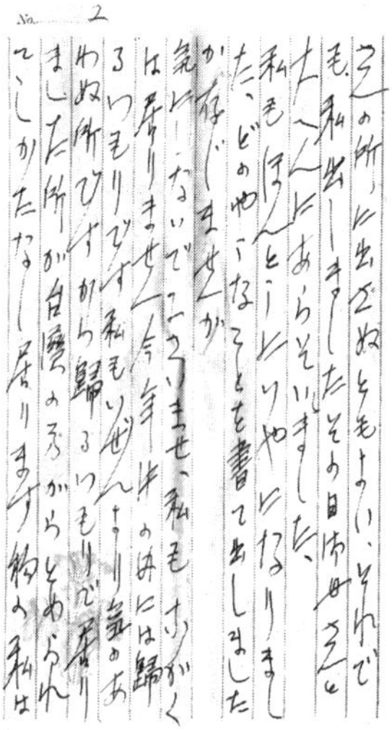
No. 2
その所ニ出さぬともよい、それで
も私出しました その日佛母さんと
大へんにあらそいました、
私もほんとうにいやになりまし
た、どのやうなことを書て出しました
か存じませんか
気にかけないで下さいませ、私もとかく
は居りません 今年中の休には歸
るつもりです 私もいせんより岐阜のあ
わぬ所ですから歸るつもりで居り
ました所が台湾の方からとめられ
てしかたなく居ります 岐阜の私は

初代14日晚写给川端的信

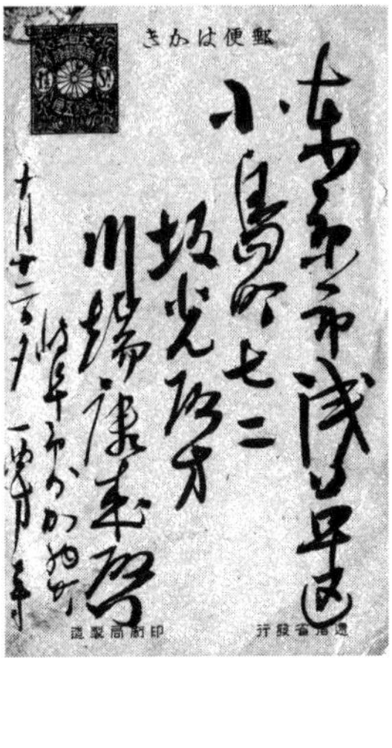

青木觉音写给川端康成的明信片

信中所说的明信片，是西方寺的住持、初代的养父青木觉音给川端康成的明信片，其明信片的内容为日文草书，识读十分困难，大致意思可能是说不要老写信来，要娶初代需要明媒正娶，通过相对象等正式方式进行。

3. 川端康成在实现他和初代的爱情时行动的延宕。

在10月18日的信中，初代告诉川端康成，她仍然“每天以泪洗面”。并告诉离开西方寺的日程大大提前，决心11月1日离开西方寺。并说要和附近住着的一位比她年长的不幸的女性一起到东京去，因此希望川端康成借给她20元钱，只要有了这20元，“就可以离开这个讨厌的地方”。但是川端康成拒绝了借钱给她，这个情节也写进了我们前面所提到过的《南方的火》中，这是川端康成在这段爱情中最关键的“败笔”。

这封信是这样写的：

康成先生：

谢谢您的来信，我现在已经能够亲自看到您的来信了。我现在真的是每天都流着眼泪生活，无论如何也难以在岐阜待到12月左右。我经过仔细思考，像我现在这样心神不定的人，难以在这个西方寺里呆下去了，我已经觉悟到我必须回老家去。但是这次回老家之际，我想和我一起住在六丁目的，比我年长五岁的女人一块儿去东京。她和我一样，也是瞒着家里出来，她也是非常可怜的人，因此我想拜托您一件事，也不是什么其他的事，如果您手里有20元钱的话，能不能借给我？只要有了这20元钱，我将是多么高兴啊！您能不能借给我这点钱呢？我要是回到了家乡，会很快还给您的。如果您能借给我这钱，对不起，不要寄到我这里来，我有一个伯母，请寄到她那里去（略），虽然这样求您很失礼，但是请您借给我。只要您借给我这钱，我就可以在十一月一日离开岐阜，非常对不起，拜托您了，请马上给我寄来。只要我有了这点钱，就可以离开这个讨厌的地方，拜托了。给永无先生带好。

而关于川端康成拒绝了借钱给她的原因，川端康成在《非常》和《南方的火》里都谈到过，其意思大同小异，他在《非常》里写道：

……那是10月中旬道子来的信，说是11月1日从岐阜逃出来，让我给她寄火车费用。这是可以的，可是道子说她要和一名比她大5岁的邻居的姑娘一起到我这里来，对此我是不愉快的。我对那位姑娘有一种不可思议的道德感，两个姑娘一起来东京，只把道子留在这里，而对那位姑娘放手不管，对我来说是难以做到的。那个姑娘说是准备去咖啡店里工作，但是，如果有什么事情使那位姑娘沉沦到都会暗黑的底层，我是不能视而不见的，总之她将成为我的重担。再说那位姑娘父母双全，她离家出走，也许会使她的父母茫然若失，本来道子一个人可以不被抓回去，平安到达东京，但是如果受到那位姑娘的牵连，说不准会被一起带回岐阜，而且我希望道子一个人来东京，我希望道子的感情直接对准一个方向，我也好直接接受她的感情，不想让第三者来搅乱，同时我也不想让道子一个人踏上旅途。一想到一个年轻的姑娘，骚动的感情溢于言表，乘坐在长途夜行列车上，我就十分不安，因此我想去岐阜接她。另外，她也许会穿着家常的衣服急急忙忙地逃出来，如果不给她带去做好的和服，她会显得很可怜。因此我反对她和另外的姑娘一起来。[1]

---

[1] 川端康成：《非常》，《川端康成全集》第2卷，新潮社，1980年，第136页。

伊藤初代

4. 爱的顶峰。

虽然初代的养父母极力反对他们的爱情，但是这种障碍成了一种反激励，使初代的爱情火焰更加燃烧。她在10月23日给川端康成的信中写道：

> 你能爱我这样的人，对我来说是真正的幸福，至今为止我也接到过许多人的信，那上面写着爱呀恋呀这些停留在口头上的话，怎样给这样的人回信呢？我不知所措，但我把我托付给了你的心，虽然我是这样的人，但请永远爱如此的我，这是我有生以来第一次在信中写“爱”，我终于明白了什么叫爱。

5. 音信断绝

初代的这封信，把川端康成的感情推上了高峰，为了和初代结婚，他和好友一起到了初代的生身父亲所在的岩手县江刺郡，当时初代的父亲在江刺郡岩谷堂町的小学里当事务员，他们给他看了川端和初代在岐阜所照的相片，并说出了川端想与初代结婚的愿望，得到了初代父亲的许诺。为了结婚，川端还去找文学前辈菊池宽，想让他为自己写封搞翻译工作的介绍信，以便养家糊口。菊池宽只打听了姑娘的年龄和住所，不加任何评价，也不刨根问底，对川端说："我最近准备出国一年，我妻子说我出国后，她想回老家去，这期间，我将这房子借给你，你可以和那位女子在这里同居。我已预付了一年的房租，另外每月还给你50元。本来一次给也可以，不过还是由妻子按月寄给你好。"从菊池宽那里回来，川端康成高兴得几乎脚不着地地飞跑起来，他觉得的梦幻已经差不多要全部实现了。为了迎接初代的到来，他还买来五个冬天用的坐垫，准备第二天就搬家。

在接到初代10月23日的信后，他在10月27日给初代写了回信，但是一直没有接到回信，因此他又给初代写了一封信，但是这封信一直没有寄出，这就是前文提及的那封到2014年才被公布于世的信，其内容如下：

我在10月27日寄出的信见到了吗？由于接不到你的回信，我每天非常担心，坐卧不安。信没有送到你的手里吗？被庙里的人看到后斥责你了吗？难道你遇到了困难，无法写回信吗？是不是病了呢？一想到你可能是病了，我简直夜不能寐。总之你要尽快来到东京，恋你，想你，不快些见面，我什么都干不下去。我在27日的信中把种种事情都写得很详细，那种事情就按照你的情况来办，怎么样都可以，我照你说的

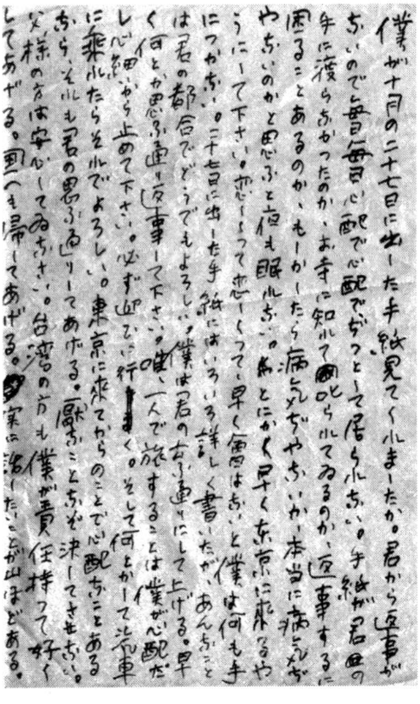
僕が十月の二十七日に出した手紙見てくれましたか。君から返事が
ないので毎日毎日心配で心配でぢっとして居られない。手紙が君田の
手に渡らなかったのか、お寺に知れて叱られてゐるのか、返事するに
困ることがあるのか、もしかしたら病気ぢゃないか。本当に病気ぢ
やないのかと思ふと夜も眠れない。とにかく早く東京に来るや
うにして下さい。恋しくて恋しくて。早く会はないと僕は何も手
につかない。二十七日に出した手紙にはいろいろ詳しく書いたが、あんなこと
は君の都合でどうでもよろしい。僕は君の思ふ通りにして上げる。早
く何とか思ふ通り返事して下さい。唯一人で旅することは僕が心配だ
し心細いから止めて下さい。必ず迎へに行く。そして何とかして汽車
に乗れたらそれでよろしい。東京に来てからのことで心配なことある
なら、それも君の思ふ通りしてあげる。厭なことなぞ決してさせない。
父様の方は安心してゐなさい。台湾の方も僕が責任持って好く
してあげる。国へも帰してあげる。家に話したいことが山ほどある。

川端康成未投函书简（部分）

办。无论如何你要按时回信，只是你一个人踏上旅途我会很担心，放心不下，因此不要一个人来，而我一定会去接你。只要坐上火车一切都好办。（略）想说的话实在是太多了，你就是返回故乡，在东京逗留期间，我也想让你没有任何不便利的地方，我想尽各种方法，但是时间很紧张，难以如愿以偿，因此有些地方还要你忍耐一些。无论别人说什么，请你一定相信我。你想做的事，无论是什么，我都会答应你，快点给我来信吧！你知道我每天过着什么样的生活啊！你不给我来信，我都要哭出来了。（下略）

在新发现的初代的十封信里，有几封在川端的小说中被稍做文字的修改出现过，但是这封他自己写的未发出的信，在他的作品中一直没有出现过。

6. “非常”发生

11月8日，当川端康成回到住宿的地方，他看到了初代由岐阜发来的信，邮局的邮戳是1921年11月7日。

信是这样写的：

想念的康成先生：

谢谢您的来信，没能给您回信实在是对不起，我

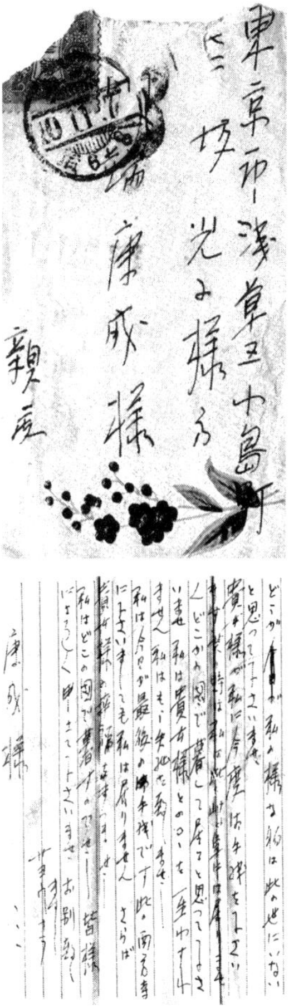

初代告知川端发生了非常事情的书简

知道您那里一切正常。我现在有事通知你！！！我们虽然已经定下了难以改变的婚约，但我这里发生了非常的事情，我无论如何也不能把这个事情告诉您。现在我这样说，您一定感到不可思议吧？您一定会说，把这个非常的事件告诉我吧！但是对我来说，就是死掉了，也远比把这件事告诉您幸福。我请求您就当我这样的人已不存在于这个世界上了吧！在你给我写回信的时候，我已不在岐阜了。您就想我正在一个未知的地方生活吧！我一生也不能忘记和您的○！请您原谅我。今天我给您的是最后的信，您就是往这个西方寺里发信，我也不在这里了。再见，请（允许）我向您道别。

这封信在《非常》和《南方的火》中都引用过，除了改了一些行文中的错误并隐去庙的名字外，几乎也原文一样。

川端康成在接到这封信的夜里就乘夜行列车直奔岐阜，初代当时还在那里，但是和一个月见到的初代判若两人，他在《非常》中写道：

> 道子现在这个样子，绝不是痛苦了一天半天的结果，最近道子给我写了10封信，她在信上说：这一个月里，每天都在和父母吵架，每天都在哭泣，对我来说，这都是空想的感伤，但是对于道子来说，却是现实的痛苦。现在我正以空想面对现实，这就是我的婚约的客观现实。究竟发生了什么“非常”我无法知道，可是，在与我的婚约和环境之间，她的心似乎被拉碎了。她是难以忍受这样的重荷，才给我写了那绝交的信吗？[1]

正像《南方的火》中用作品中的人物的名称所记载的那样，第二天，水泽（三明永无）也赶到岐阜来声援川

[1] 川端康成：《非常》，《川端康成全集》第2卷，新潮社，1980年，第151页。

端，他带着川端写的表达他对初代的爱的长达20页的信及初代赴京的路费，来到西方寺做说服动员工作。在他的劝说下，初代有所回心转意，并决定在来年正月的忙乱的时候从庙里逃出去到川端那里去。

这样，在11月12日给川端的信中，她向川端道歉，并感谢川端给她路费，说她已决定去东京，并向川端康成解释她给岩手的父亲写信让他拒绝川端康成的求婚的动机，这封信是这样写的：

康成先生：

不久前让您担心了，非常抱歉，请原谅我。

我给您写了那样的信，非常抱歉。从永无先生那里听说令您非常担心，真的对不起。我是一定要去东京的。我现在不能随心所欲从家里出来，到了一月一日我就能出去了。您在信中给我寄来了钱，非常感谢。另外我想向您说明的是，我最近从我父亲那里接到了来信，我曾给父亲写信，让他写信拒绝您的求婚，如果从他那里给您写去了拒绝的信，您也不要当真。我为什么要给父亲写那样的信呢？因为我写信的时候，亲戚家的女孩子在我这里看我的信，我只好写“请拒绝他”，那个孩子一直在这里，我不能按照自己所想的写。就是我父亲来了拒绝的信，您也不要往坏处想，请继续爱我。另外父亲的信如果寄到您那里去，您也给他写一封回信好吗？那时候那个女孩子待在这里不走，我只好写了“请拒绝他”，但是这不是我的心里话，在信中写上了这样的话请您原谅。请您务必给我父亲写一封信，真的对不起您和永无先生。（下略）

11月14日，初代还给三明永无写了意思相同的信：

永无先生：

谢谢您的来信。上些日子让您担心了，非常抱歉。康成先生的信我也看过了。在给康成先生的信中，我详细解释了为什么我给父亲写了让父亲拒绝康成先生的求婚的信。请您告诉康成先生一声，我可能是在一月或者十二月去东京。但是我不能按照自己的意志自由离开，但是我想尽快离开这里。因为家里人说不许再给你们写信了，因此如果您寄信来，请不要寄到这个庙里，而是寄到中尾那里，就是寄到了中尾那里，我也不能随时随地读到您的信，因此就是我回信晚些，请您也不要介意，因为我不能自由地出家门，因此就是回信迟了也不要往坏处想，请您把这个意思也告诉康成先生。

今天月亮出来了，在东京也一定会看到美丽的月亮吧？我也真想快去东京。向浜先生（川端的朋友石浜金作）和彦先生（川端的朋友铃木彦太郎）问好。再见，请您保重身体。

为此，川端康成还按照千代的要求，给千代的父亲写了一封信，这封信由公益财团法人川端康成纪念会东京事务所代表理事水原园博先生提供，而提供给水原园博先生的人，是伊藤初代的儿子樱井靖郎。

这封信是这样写的：

久未问候，请原谅。您还好吗？

听鹿野老师（千代父亲所在小学的教员鹿野新八）说您往岐阜发信了，为此事初代也给我写信来了，与其我来说明，不如把她的信抄给您：

“（关于您的事）另外我想向您说明的是，我最近从我父亲那里接到了来信，我曾给父亲写信，让他写信拒绝您的求婚，如果从他那里给您写去了拒绝的信，您也不要当真。……就是我父亲来了拒绝的信，您也不要往坏处想，请继续爱我。另外父亲的信如果寄到您那里去，您也给他写一封回信好吗？那时候那个女孩子待在这里不走，我只好写了‘请拒绝他’，但是这不是我的心里话，在信中写上了这样的话请您原谅。请您务必给我父亲写一封信（十一月十一日写给川端的信）。”

“在给康成先生的信中，我详细解释了为什么我给父亲写了让父亲拒绝康成先生的求婚的信，请您告诉康成先生一声（十一月十四日写给三明的信）。”

这是初代的信的原文。而为什么写上了“请拒绝他”呢？是因为亲戚的孩子来了看她写信。总之这是因为有外在的原因。以后又从千代那里接到了来信，说您已经知道事情的来龙去脉。在我这里，也除了希望得到初代之外没有其他目的，我的心完全没有放在其他的事情上。在我去您那里拜访您时，我所说的话也没有任何遮掩、说谎和浑水摸鱼的意思。我现在再次向您请求让初代和我结婚。（下略）

但是，在11月25日，初代又给川端写了如下的彻底绝交的信：

康成先生：

感谢您的来信，我读了您的信，不能再相信您的心。您并不爱我，只想用金钱的力量来支配我。看了您的信，使我无法再相信您，而且我恨您。我没有想要美丽的和服。（略）请您忘掉我吧。您的真实想法是，只要我去了东京，以后我处于什么样的境地您都不在乎。我已经没有什么可说的了，我要忘记您，您要恨我那就恨吧，请便。（略）我永远恨您的心。

初代在最后的绝交信中提到了“我没有想要美丽的和服”，说明她仍然对川端不同意她与比她年长5岁的邻居一起赴东京耿耿于怀，川端在《非常》中谈到他不同意初代的做法的原因时写道：“她也许会穿着家常的衣服急急忙忙地逃出来，如果不给她带去做好的和服，她会显得很可怜。”可能他在以后的信中把这种想法传达给了初代，

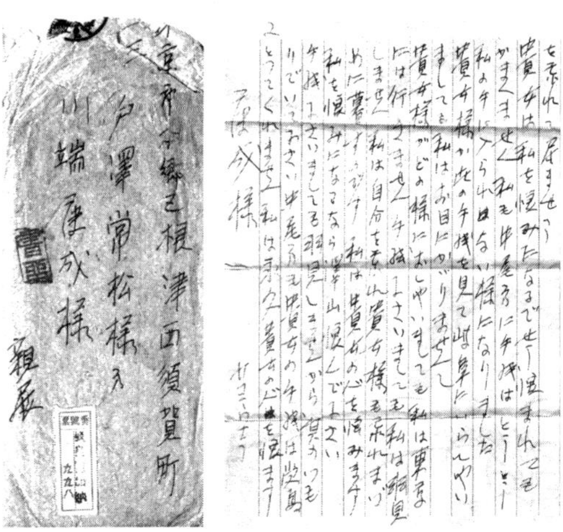

最后绝交书简

这也许就是初代这句话的来源。

就这样，川端康成从“每天早晨醒来，纷纷的喜泪都要打湿枕头”的爱的顶峰，又一次跌进了孤寂的深谷。在青春漫长的趑趄中刚刚萌发的一点点人生的自信连同浓缩全部生命创造的童年的梦，遂化作了永恒的苍白和空寂飘荡在他的心中。在他还没品尝过爱为何物之时，爱就绕过他，遽然远去了；在他还没真正地走入实在生活之前，生活就睥睨着他，把他抛弃了。

有关初代和川端绝交的原因，关于初代所说的“非常”究竟是什么？研究界有种种说法，最多的说法是作者在《南方的火》中所表现的那样，也就是发生了“处女疑惑”。川端香男里先生在“川端康成与永远的少女”这篇文章中指出：

> 关于这个“非常”的实体，在收录川端康成的后记文的集子《独影自命》中有所记载，敏锐的研究者们已经指出过。在记有大正十二年“十月二十日”日记这里，写着石滨金作听来的消息——“道子（注：指千代）在岐阜〇〇遭性侵，自暴自弃，离家出走。”这两个“〇”是川端自己在利用自己的日记时故意用的伏字，而在35卷本《川端康成全集》补卷一中，去掉了伏字，清楚地写道：“千代在西方寺遭

僧人性侵”。这是因为初代自己把这一事实向近亲说了，因此就这样记录在这里。[1]

但是笔者认为，一切事情的发生都不是线型的因果关系，从最新发现的川端和伊藤千代的信来看，还有许多难解之谜，比如：初代的养父母为什么干涉她与川端的恋爱？初代和养父母吵架涉及哪些内容？在10月27日以后给千代写的信为什么没有寄出？而引起千代写最后的绝交信的直接原因好像是11月12日到11月25日之间川端写给她的一封信，这封信的内容是什么？

而川端和初代的爱情悲剧中的个别事情，不可能离开他们所面临的时代背景。正像作者在《南方的火》中所表现的那样，他对初代的双火命相非常在意。他说，这些在第一次世界大战结束后，“凯旋兵和在国内等得不耐烦的女子疯狂地欢悦结合而怀上的孩子，是丙午姑娘，想到这一点，心里就会被一种说不出来的凄惨所笼罩，她们去杀男人是理所当然的事”。而弓子也对自己的丙午女的命相十分自卑，作者写道：

---

[1] 川端香男里：《川端康成与永远的少女》，《文艺春秋》，2014年8月号，第123页。

而弓子也似乎深信因为自己是丙午年生人，所以一生不会有好命运。9月见到她的时候，她像是很绝望地说：

“即使到了东京，我也只能干些风俗色情之类的工作，我是丙午生人嘛！”

接着她又说道：

“‘午’一直在作祟嘛。”她说这话时，那声音里又分明跃动着喜悦，这是和时雄订了婚，而从一直纠缠她的坏命运中跃起的欢喜之声，她在回首不幸的过去，也试图看到自己崭新的光明。[1]

在《篝火》中，主人公向道子求婚，道子感到十分幸福，但是在幸福的巅峰，她仍然不能忘记自己丙午女的身世。作者写道：

“不出来看一下吗？”朝仓招呼道。道子站了起来，我坐在了她坐过的椅子上，低处白浪滚滚的湍流的对岸，街口的灯光闪烁在远方，道子自言自语地说：

[1] 川端康成：《南方的火》，《川端康成全集》第2卷，新潮社，1980年，第522页。

"'午'一直在作祟嘛。"她在说她是丙午年生人的事。她想起过去的日子，也在看着新的自己—丙午二八的少女，这个古老的日本传说的饰物，如此地刺激着我。[1]

从最新发现的这些信中我们也可以看到，初代是非常自卑的，她在信中写道："你能爱我这样的人，对我来说是真正的幸福"；"虽然我是这样的人，但请永远爱如此的我"；"我请求您就当我这样的人已不存在于这个世界上了吧！"。

而在他们意识的深层，对丙午女的"悲惨的宿命"深信不疑。在《南方的火》中有如下的段落：

水泽唐突地要给弓子看手相。

"讨厌，我讨厌被看手相，我最讨厌被看手相。反正那上面一定刻着我的不幸。"

弓子把手深深地藏在铺在那里的坐垫上，满脸通红，激烈地摇着头。时雄为她如此的拒绝感到很吃惊。

……

[1] 川端康成：《篝火》，《川端康成全集》第2卷，新潮社，1980年，第102页。

弓子的手掌被葡萄叶脉那样的纷乱而细密的线所覆盖。她的手相，像是一只疯狂而宿命的瞎蜘蛛，害怕黑色的幻影，转圈快速爬行时吐出的丝。也许是不想让人看到这样的手相，她紧紧地握着被水泽从坐垫底下抓出来的手。

“讨厌，反正您是要说不好的了，无论是谁都这样说。”弓子叫道。

水泽把弓子的手腕子按在了围棋盘上，强行掰开了她的手指。

“这是什么呀？我头一次看到这么乱的线。”

“正像《旧约圣经·撒母耳记》中所说的那样：‘我的手里终能住任何恶魔’——这样的手相，实在是神经质、水性杨花、一生不得安静，飘荡在不幸之波上的手相。”

“反正注定是这样了，您就别说了。”弓子说。

“最后只看一下结婚的情况。看！这是感情线。这个从根部发出的支线向上延伸，这是好的。爱情强烈而温柔，但是感情线被许多小细线从旁边切断，爱情难以有着落，你一定会搞婚外恋。看看，感情线在这里被切断，这是太阳丘，这是你因为自己的傲慢而失恋的标志呀！在这上面，水星丘的婚姻线，触及金星带的下端，这根线的前方的细线，如此在火星的原野狂奔，而且感情线和头脑线交叉，因此无论怎么看，你的婚姻都会像落叶一样被狂风暴雨吹散，而因为婚姻线和感情线接近，你在14岁到20岁之间就会结婚。这条从食指到无名指的弓形线被称为金星带，这个金星带如此清晰的人感性敏锐，虽然聪明，但是性情易变，马上就会生气，对微不足道的事也会感动……”

弓子抓住水泽放松的机会，一下子把手握成了拳头。

“再也不想让您说下去了，看您一副理所当然的样子，总是要说出这样的话的。”

最后水泽还要看手脖线，时雄不由得脸上一阵潮红、叫了起来：

“哎呀！”

“手脖线是表现女人某种倾向的线”，水泽经常这样告诉时雄，时雄一想到弓子的这种事情，感觉到是受到了侮辱，难以再忍受下去。他的身体僵硬，似在颤抖。

就是不看手脖线，水泽的每一句话也都在威胁着他。在一年多前他看到弓子的时候，他就想象抱一个彩虹般的娃娃一样，将她抱起来。[1]

[1] 川端康成：《南方的火》，《川端康成全集》第2卷，新潮社，1980年，第502—504页。

虽然在《南方的火》中，是写水泽给弓子看手相，但是也可以从中了解到川端康成对手相学的精通及她对初代的化身——弓子的手相的了解和在意识的深层对弓子手相所预示的命运的深信不疑。水泽说弓子“感情线被许多小细线从旁边切断，爱情难以有着落，你一定会搞婚外恋”，而据那个时代的手相书《东西手相学及指纹研究》，“感情线如锁链一般或从感情线上分出许多细小之线，在爱情上将缺少恒常性和定力，爱情难以长久持续”。[1]水泽说弓子“水星丘的婚姻线，触到了金星带的末端，这根线的前方的细线，如此在火星的原野狂奔，而且感情线和头脑线交叉，因此无论怎么看，你的婚姻都会像落叶一样被狂风暴雨吹散”，《东西手相学及指纹研究》中说：“金星带偏离方向，通过结婚线的时候，此人具有见异思迁的性质，结了婚会非常不幸（此人独自对危险的思想津津乐道，其中许多人在想象中进行杀人、通奸，并乐此不疲，如果把这种想法付诸现实，则十分危险，这种性格的人有时适合做现代小说家——原注）[2]（结婚线）向手掌的方向延伸，就会形成一条原则，那就是一

---

[1] 前岛熊吉：《东西手相学及指纹研究》，研文书院，1931年，第61页。

[2] 同上，第77页。

定会离婚，特别是越过手掌，其分叉像前记的第贰图（5）那样（原图略，参见弓子手相示意图结婚线——笔者注），向火星源和火星宫延伸的场合，这种倾向更强。”[1]

而手脖线究竟表现了女人哪些性质？时雄，也可以说是川端本人，为什么对此如此惧怕，并且感到受到了侮辱？在一点也可以在《东西手相学及指纹研究》中找到答案：

在古希腊文明的某个时期，所有的女性为了得到结婚的许可，都必须来到寺院的牧师这里来，接受手脖线的检查。如果检查手脖线的牧师在检查时发现接受检查的女性第一手脖线呈弓形，即向上隆起的形状，即如重要的小线图（4）这样（原图略，参见弓子手相示意图手脖线——笔者注），无论有什么理由，都不会允许这个女人结婚。其理由是：呈现如此恶相的第一手脖线，也意味着精神上的恶相，因此牧师们对这样的女性生出和她们自己一样的狡猾奸诈的孩子也极度恐惧。如果遇到了这样的女人，一般都把她们留在教堂做修女。

而古代希腊的牧师们这样想也绝对不错，无论男女，在掌中出现这样的弓形的第一首手脖线，此人有

[1] 前岛熊吉：《东西手相学及指纹研究》，研文书院，1931年，第66页。

一种内在的孱弱，特别是在性交上不完全或羸弱。[1]（有关手相的各个宫与线的位置，参见手相示意图-1和手相示意图-2）

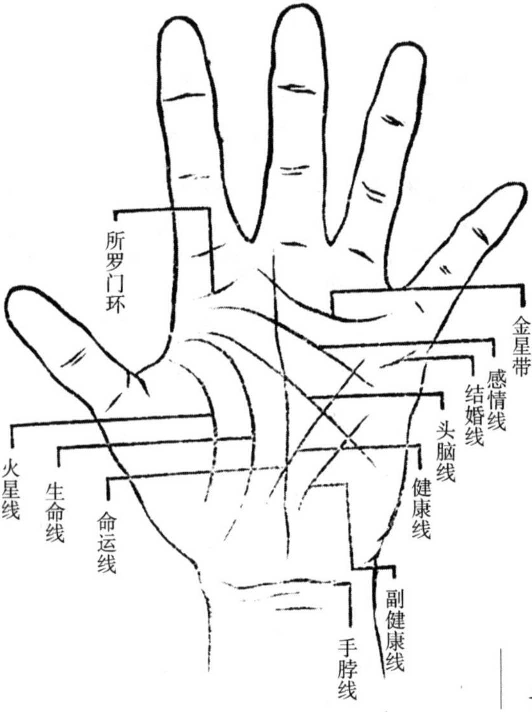

手相示意图-1

[1] 前岛熊吉：《东西手相学及指纹研究》，研文书院，1931年，第78-79页。

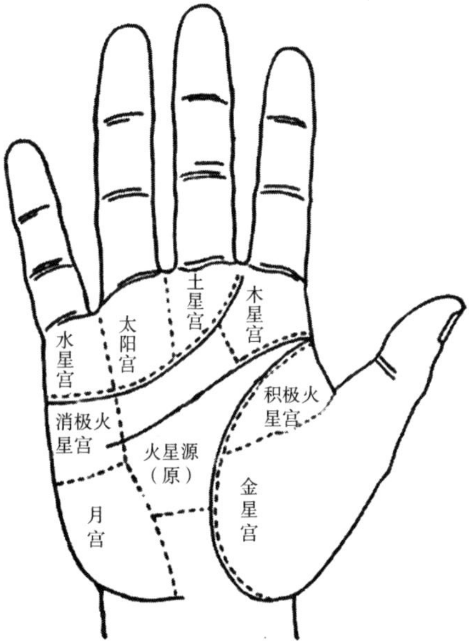

手相示意图-2

弓子手相示意图

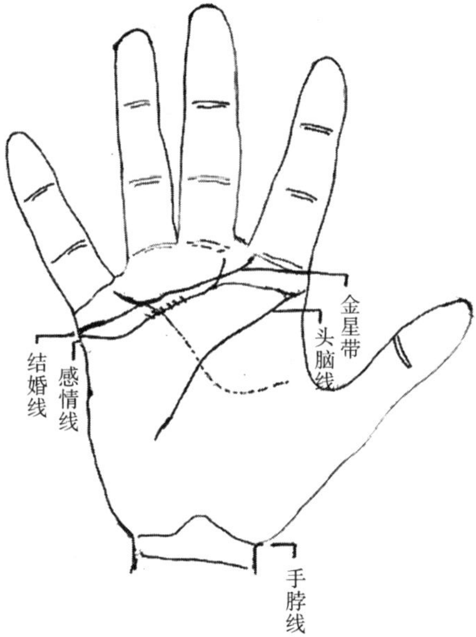

从川端康成如此精通手相学这一点，我们也可以看到他深受易学的影响和宿命意识，甚至我们也可以推测，川端康成将《南方的火》的女主人公的名字起名“弓子”，也完全可能是由于伊藤千代第一手脖线就是向手掌上方隆起的弓形，他在《南方的火》中写道：“就是不看手脖线，水泽的每一句话也都在威胁着他。在一年多前他看到弓子的时候，他就想象抱一个彩虹般的娃娃一样，将她抱起来”。从表面上看“彩虹般的娃娃”这个意象出现，和前面的行文没有任何联系，突如其来，但是如果和彩虹的向上隆起的弓形和隆起的弓形手脖线联系起来，逻辑上就非常顺畅了，这里也清晰地凸显了川端对千代充满矛盾的爱情——彩虹般的美丽幻影交织着“疯狂而宿命的瞎蜘蛛”般的恐惧；对找回童年的婚姻的强烈憧憬笼罩着丙午迷信巨大的时代阴影。

第六节 大正末年与昭和初年丙午女自杀潮

日野九思在《迷信的解析》一文中指出：

丙午年弘化三年（1846）后的下一个丙午年，是明治三十九年（1906年）。明治三十三年（1900年），日本全体国民热望的条约改正得以实现（指与欧美各国签订的领事审判权的撤销和一部分关税自主权的恢复），而在明治三十七八年的战役中，轻松战胜强大的国家俄国，取得未曾有过的大捷，一跃加入世界一等国的行列，国民教育也渐渐普及，加之国民的自尊心不断提高，因此即使到了丙午年，将丙午年出生的幼儿弄死等反人道的罪恶也较少。乙巳明治三十八年（1905年），全体国民都把注意力集中在了日俄战争上，几乎没有时间去宣传丙午迷信，堕胎、流产等残害胎儿的现象也几乎没有。可是，到了明治三十九年出生的丙午女长到了婚龄时期的关东大地震前后，渐渐丙午迷信开始抬头，丙午女容易遭到疏远，很多人遭到无法结婚及被解除婚约的厄运，失恋和厌世自杀的惨事在报纸的第三版屡见不鲜，留在了人们的记忆中，就是有些幸运一点，结了婚的人，也都是嫁到比自己家庭地位低很多的人家。[1]

日野九思所述，正是《南方的火》和川端康成一系列“道子文学”的时代背景，从当时的报纸来看，在明治三十九年（1906年），将丙午年出生的幼儿弄死的报道确实较少，但是也不是没有，如《东京朝日新闻》明治三十九年11月6日报道：

杀死婴儿（水户）

鹿岛郡（茨城县）大谷村国井定吉之妻遥提（音译，42岁）在上月20日，因丙午迷信将分娩之女婴压死。三日被发觉后将其绑缚送官。

[1] 日野九思：《迷信的解剖》，东洋文化研究会，1934年，第286—287页。

而到了丙午年所生女孩长到19岁的大正十三年（1924年），丙午女自杀的报道剧增，据笔者统计，从大正十三年到昭和三年（1928年），也就是丙午女到达从19岁（虚岁）至23岁（虚岁）的婚龄时期，仅《东京朝日新闻》所报道的丙午女自杀事件就达14件之多，仅大正十三年3月就有4件。

在丙午女自杀潮来临前的大正十三年2月10日，《东京朝日新闻》晨报做了如下报道：

今年为迷信所苦恼的姑娘们
担负着没有结婚缘分的“丙午”的命运
愚钝而迷乱的心

因为今年19岁的姑娘们为丙午年所生，因此这些婚龄到来的姑娘们非常苦恼，她们的父母也彷徨不安。今年四月从女子学校毕业的姑娘们大多数都是19岁。

也许是预料到没有结婚的缘分，因此今年丙午女进专门学校的人特别多（因为怕没有夫家可嫁，进专门学校学一技之长以自立——笔者注）。虽是没有任何根据的迷信，但是竟然如此深入人心，特别令人惊讶的是，这一迷信在知识阶层中的信者很多，超出人的想象。

关于丙午女“杀死、吃掉其父母、丈夫及其孩子”的迷信的来源，三轮田女子高中校长三轮元道说：丙午六十年循环一次，是十干和十二支的最小公倍数。十干是天地的元素，由木火水金土构成，而每个元素又一分为二，分为兄弟，如其中的木分为木兄木弟等，由此形成十干。十二支是在天动地不动的蒙昧时代，为了决定方位，暂且把方位分成十二等分。首先从北向东计算，分为子丑寅卯，这是一种记值法，并配以动物的名字。因为正北为阴气，配以鼠；正南温暖为阳气配以马。因为十二支含有气候的意味，因为在不知不觉间，与此相对的宇宙元素十干就被作为时间的标志而使用，而表示气候的十二支也被用来表现时间了。本来只是为了便利，将火之兄弟假设为马，但是人们在不知不觉间真的认为这些假定具有火和马的性质了。火是旺盛的，马是活动的，因此产生了“运势过强”的愚昧的迷信，也由此造出了“丙午女”这种说法。

三轮元道热心地解释说：如果按照这种理论推论，起了“花”的名字，就一定成为美人；火曜日（星期二）就一定会发生火灾；水曜日（星期三）就一定下雨，对如此荒谬的说法，无论是谁只能付之一笑，为什么只对“丙午女”这样耿耿于怀？这不是很滑稽的事吗？再说宇宙的元素岂止五个、十个？在科学知识发达的今天，还有如此迷信，真是令人感到耻辱。

丙午女全国五十万人
实际上比这个数字要多
在户口上弄虚作假

根据内阁府统计局的调查，到大正十一年末（1922年），全国的丙午女共五十万六千零五十七人，而推算在大正十二年度死亡六千人，因此现在约有五十万十九岁的女子，但是实际的数字比这更多。

由于丙午迷信，因此很多人特意在上户口时把孩子说成翌年所生，这一推想也在统计数字上得到了明确的证明。比如说，明治三十九年（1906年）出生的女婴数字为五万五千一百二十六人，而到了明治四十年一月，女婴出生数猛增到九万四千七百四十三人，从统计上来看，如此增加纯属异例。连统计官都说：“这是难以想象的数字差，我想这由于迷信的结果，故意延迟进行出生登记吧。”

由此可见，在当时，丙午女问题是一个严重的社会问题，以至于成千上万的丙午年生出了女孩的人不敢去报户口，而是在第二年报户口时将女孩说成是明治四十年出生的。

而丙午女自杀的报道，从大正十三年（1924年）3月9日开始在《东京朝日新闻》晨报上登场：

丙午女自杀

可怜的处女之挣扎

虽然我报社数次登载报道力图打破丙午迷信，但是在八日午后八时，在市外千驮谷町九百号，从事运输业的小田铁次郎的长女花（19岁）成了丙午迷信的牺牲品。她趁家人看不见之际吞饮鼠药自杀。该女子是所谓丙午年所生之女，年轻的处女之心感到深深的苦恼，最终选择了自杀之路。

《东京朝日新闻》晨报大正十三年（1924年）年3月10日报道：

成为迷信的牺牲品

死去的姑娘

说丙午女轻薄

说丙午女嫁不出去

难以忍受朋友和雇工的坏话

市外千驮谷町九九六号花田屋运输店井上金六的长女作子（19岁）六日晚八时左右吞服两克鼠药自杀一事已经报道，而其原因是：该女是丙午所生，完全是迷信的牺牲品。她经常被人说“丙午女轻薄”；“丙午嫁不出去”，为此非常悲观，最后成就了觉醒的自杀。该女子的葬仪九日午后三时由其父母及七名弟妹营设。在该女自杀后为其进行医疗处置的四谷三光町一二七号井出医院的女医竹内说：“井上家在搬到千驮谷以前我家在她家附近开酒店，因此在她还是小孩子的时候我就认识她。她是一位非常干净利落的姑娘，她母亲有病，因此她里里外外一把手，家里的事情都是她来做。店里的年轻人经常以丙午女为由说三道四，因此她十分悲观。人们说：是不是还有别的原因呢？她正处于多愁善感的时期，警察也做了种种调查，我也对她的死因综合各种情况加以判断，没有发现任何其他原因。她家里也相当富裕，光房子就租了十几栋，也没有听说家里有什么不和。”（疑本报道与3月9日的报道是同一件事，但是名字与地址又完全不同，可能当时报纸属于草创阶段，文字上的错误较多——笔者注）

《东京朝日新闻》晨报大正十三年（1924年）3月20日报道：

为丙午所恼
再次出现自杀的姑娘
本乡菊富士酒店
淑德女子学校毕业的姑娘

关于今年19岁的女性为丙午而烦恼，从很早本报就提出反论举出例证，论说其迷信不足以相信，但是思考不足的女性，现在仍然有人为此而忧，并计划自杀。本乡区菊坂町八十二番地菊富士酒店羽根田幸之助四女房枝二月十三日夜，在其姐雅依（音译）的婆家，该番地外务省事务官龟山一二的家里饮下鼠药，陷于危笃状态，从那时开始一直在下谷区龙泉寺町的日野医院接受治疗，虽然保住一命，但由于相关医生们一直在秘密进行治疗，受到警视厅的调查。该女子去年春天从淑德女子学校毕业以后，在樱井塾里学习钢琴与英语，但是遭到顽固的父亲的反对，不得已只好退学，使其很悲观，加之处过有数的几个对象也因为她是丙午女把她抛弃，而这几个男子都另娶新妻，七苦八苦之后她选择了自杀。

《东京朝日新闻》晨报大正十三年（1924年）3月24日报道：

在树丛中发现尸体
死后二十天左右的年轻女子
是因为丙午迷信自杀？

二十日午后五时左右，在府下绫濑村放水路附近的树丛中，发现死后约二十天左右的腐烂的女尸。龟有警察分署派员验尸和调查的结果显示：该女子为府下千住三轮一〇八号岩本定太郎的长女岩本花（19岁），岩本花二月十日左右没通知家人离家出走并失踪，据说是因为丙午迷信厌世自杀。

《东京朝日新闻》晚报大正十四年（1925年）3月24日报道：

溺死女子的尸体
飘到千叶海岸

（鸭川电话）二十三日午前五时左右，在千叶县胜浦町惠比寿台海岸，一名妙龄美女的尸体被冲上海岸。胜浦警察署通过调查获知，两三日以前，在该町油屋旅店，这位姑娘曾投宿，自称是住在东京浅草区千東町九十三号的北村雪（20岁），其自杀原因很可能为丙午年出生而苦恼。

《东京朝日新闻》晚报大正十四年（1925年）7月4日报道：

因丙午而自杀

（横滨电话）横滨市南吉田町七〇六号政次郎长女川濑文（20岁）三日午前一时在自己家中吞饮鼠药自杀，原因是为丙午而苦。

《东京朝日新闻》晚报大正十五年（1926年）1月30日报道：

丙午女教员
厌世自杀
几次谈对象
都因为迷信而失败

（千叶电话）二十八日午后七时四分，在房总线上总一宫站附近，下行的四十一号旅客列车正在行驶，一名20岁左右的妇人跳入轨道中，两腿被压断，极度痛苦中被过路行人发现，抬进附近医院，生命危笃。调查结果表明，此女子为香取郡多谷町小学教员渡边端（21岁），谈了两三次对象，都因其为丙午女而失败，十分悲观。二十八日，与在长生郡一宫居住的伯母告别后，跳进列车轨道。

《东京朝日新闻》晚报大正十五年（1926年）7月3日报道：

同情丙午姐姐与其一起自杀
住在小田原旅馆
从大阪来的姊妹

一日午后五时半左右，在相州小田原町万年町二丁目35号霜田屋旅馆，有两个年轻的女子投宿，她们在投宿簿上登记的地址是：大阪市北区菅原町1-36村田玉枝（21岁）和其妹（19岁，由于报纸年代久远，此处字迹十分不清楚——笔者注），她们在二楼一间房间里就寝，到翌日早晨十一时半仍未见起来，店主霜田里前去探望，发现二人面色惨白，已经死亡。将此案上报小田原警察署后，柿崎警察署的警察赶来验尸，发现两人枕边有剧药盐酸可卡因的空瓶，由此断定两人一起自杀。小田原警察署对她们的身世进行种种调查，而在二日午后四时，大阪府船桥警察署发来电报，说小西玉枝和其妹绫子以一同自杀为目的赴箱根芦之汤旅馆，希望该署能加以制止。警察署认为自杀的两人正是小西玉枝和其妹绫子。玉枝因是丙午年所生，难以出嫁，非常悲观，妹绫子对姐姐处境非常同情，于是姐妹二人选择一起自杀。她们还在笔记本上撕下来的小纸条上简单写下留言，对霜田屋旅馆表示歉意："给贵旅馆带来许多烦扰，谨表深深的歉意。"

《东京朝日新闻》晨报报大正十五年（1926年）8月22日报道：

从钓鱼人的头上跳下来的姑娘

试图自杀的丙午女获救

（镰仓电话）二十一日午后七时左右，在镰仓稻村崎海岸的岩石上，在附近居住的由井安次郎正在那里钓鱼，这时在他背后45米高的断崖上发出惊人的声响，一个人随之落了下来，夹在了岩石之间。钓鱼人马上将其救出，送至清川病院进行救治。不可思议的是仅受擦伤，很快意识恢复了过来。此人为市外代代幡代代木四十九号田中三次郎的次女清，因身为丙午女而苦恼，患几乎失明的眼病，为此痛苦不堪，以自杀为目的跳下悬崖。

《东京朝日新闻》晨报报大正十五年（1926年）8月27日报道：

丙午自杀

冲电器[1]职员与相恋女子

（前桥电话）东京府下北丰岛郡巢鸭町二九二一号冲电器职工柳沼茂（23岁）与安房郡西条村字粟斗长谷川粟太郎之长女玉子（21岁）相恋，但柳沼茂之父母以玉子为丙午生人拒绝接受其为儿媳，而玉子已经妊娠四个月，柳沼茂也无法割舍对玉子之爱，遂二人一同离家出走，到群马县利根郡明治村大字新卷的旅人旅店冈阳作雄处投宿，所持旅费日益减少，遂二人经过商量后于二十六日拂晓一同饮毒自杀。

[1] 冲电器：日本知名电器公司。

《东京朝日新闻》晨报昭和二年（1927年）年5月9日报道：

在江之岛投身大海
东京的三名年轻女性
在这心旷神怡的初夏
带着烦恼频繁而急促地踏上死亡之旅

（镰仓电话）八日早晨八时左右，在江之岛二山下不动口海岸飘来了年轻女子的尸体，其遗书上写着："虽然都说丙午是迷信，然而发生在我身上的不幸却是事实。"上面还写着："东京都麻布区笄町谷泽宅（在东京租借的房屋——笔者注）茨城县结城郡总上村材袋田三号（家庭地址——笔者注）原济子"……

谈对象失败七次
可悲的迷信的牺牲品

……正如原济子（22岁）遗书上说，她曾谈了五六次对象，每次都因为是丙午生人而失败。最近又和小石川久坚町的某家谈对象，但是对方的老人们坚决反对，爱情再次失败，每天以泪洗面，终于悲观厌世。七日早晨，为了送有人托她做的衣物出门，送到后就去了镰仓。

《东京朝日新闻》晨报昭和三年（1928年）1月4日报道：

高岛田发型的女子相抱自杀
都是丙午生人
写下了她们的苦恼

三日午后七时左右，在东京府品川町北品川的填海造地上，留着“文金高岛田”发型（一种高高梳起华丽发型）、看上去都在二十二三岁的两名女子，身体用毛料和服带紧紧连接在一起，每个人的和服下摆处都绑着三块旧砖头，她们抱在一起投海自杀，尸体冲上了海岸。附近的人们发现以后报告警察，品川警察署警察赶来验尸，其中一名女子身穿铭仙绸箭翎图案的花纹和服，另一名身着织锦和服，外套短外罩，各扎白色腰带，脚穿软木底矮齿木屐，各围一条围脖，有两个红色皮革钱包，里面共有八块钱和两张名片。

两张名片上写着：府下荏原町户越十五号太平轩铃木鹤、大崎町居木桥三十号室田民。

而名片的背面写道："我们二人都是丙午女，是无法结婚的无依无靠之人，我们对自己难以忍受的身世做了种种考虑，最后选择去死。先走一步，请原谅我们的不孝。"这是她们留给父母和兄弟的遗书。

前记的铃木鹤是府下荏原町下蛇窪九六三号铁工铃木满之三女；室田民为大崎町居木桥三十号铁道省人夫室田藤十郎之妹，两人均23岁。

铃木鹤幼小时父母与其死别，从三年前开始，在大崎一带的各个咖啡店做女招待，从去年3月开始，在前记的太平轩做女招待，平时安静柔顺，是十里挑一的美女，常为自己为丙午所生而感到无依无靠。

室田民是一名盲人，她们两个人都没有父母。室田民在幼小时失去父母，后来又双目失明，和哥哥藤十郎一起生活，做按摩工作。去年九月在大崎沿街揽客的时候和铃木鹤相识，相同的身世使她们互相同情。三日夜，她们约好同时离家出走，凌晨三时左右投海自杀。

《东京朝日新闻》晨报昭和三年（1928年）8月8日报道：

怀揣《圣经》

丙午女溺死

自杀？他杀？

（大阪电话）七日正午，大阪北马泽上江町的蓄水池中，该町一丁目鞋店店长谷川为三郎三女富美子（23岁）怀揣《圣经》死去，此女为自己是丙午所生而苦恼，遂进入信仰生活，因此人们认为她是厌世自杀。但是从她连木屐都穿在脚上来看，他杀之疑惑也非常浓厚。

《东京朝日新闻》晚报昭和三年（1928年）8月17日报道：

丙午女剖腹自杀

迷信不绝

悲剧不断

府下三河岛町九九八号高田健吉之长女清（23岁）十六日午前二时左右，用西洋剃刀割断颈动脉后，又将腹部“一”字形切开自杀。原因为身为丙午女悲观厌世。

从上面的一系列报道可以看出，当时世人的目光对丙午女来说是何等的严酷，虽然当时社会上展开各种破除丙午迷信的活动，《东京朝日新闻》也刊登各种破除丙午迷信的报道，但是丙午迷信渗透到社会的深层和人们心理的深层，就是大张旗鼓宣传“破除丙午迷信”的《东京朝日新闻》，也自觉不自觉地流露出对丙午女的偏见。如《东京朝日新闻》晨报昭和三年（1928年）3月8日报道一个因生活所迫撬门别锁的女盗时，重点强调她是丙午女，报道的标题是“悲哀女人的盗窃·丙午年生人·到处作祟”；该报昭和五年（1930年）4月10日晨报报道一起在商店里盗窃商品的团伙盗窃案，其标题是“两个丙午姑娘是大盗窃集团的女王·被检举者达七十多名·支那人一伙的内幕”。作为公器的报纸，在报道盗窃案时特意点出作案者丙午出生的身世，其浓厚的歧视意味跃然纸上。

这就是川端康成和伊藤初代爱情悲剧的时代背景，他们难以以个人的力量抗拒的历史习俗和时代风潮深深地淫浸在他们的深层心理和日常生活中，纠缠在各个个别事件中，形成种种干涉、猜疑、动摇，并在无形中参与了他们的爱情的悲剧。

我们从最新发现的伊藤初代的10封信中，最强烈地感觉到的就是她情绪变化的大起大落，这与其说是她性格的原因，不如说整个社会环境在她内心的反映。她会担心自己作为一个丙午女能否成功地走入婚姻，会担心结婚后她会“杀夫弑子”，会担心自己被“始乱终弃”，因此她对恋人的一举一动和每个言辞都高度敏感，每一个令她猜疑的行动和话语，都会引发她过度的情绪上的波澜；而周围的人也一定会因为她是丙午女而喋喋不休，摧毁她对幸福的憧憬，断绝她对婚姻的期盼，更有来自川端的朋友的手相预测等，把她的精神钉在“火与火重叠”的“重离”恶相之中，把她的思虑集中在“结婚就是不幸”的桎梏中。

如果从《易经》来看，“火与火重叠”的卦是“重离”卦，而关于这篇小说的题目，是因为祖父托梦对川端说：“不用犹豫，写《南方的火》”，因此才定下来的。实际上，川端祖父的三八郎的《构家安危论》中，也曾提及火与火所重叠有时蕴含“凶兆”。

他在“建筑物长度的吉凶之部”中写道：

> 在午之方位建房的时候，在辰巳的方位所用的四、五、六间之上加上半间就没有什么问题。
>
> 可是忌用三间和三间半，如果建造如此的房子，得脖子以上的疾病。为什么呢？因为午为火，三也是离的火数，这样阳气甚强，会得脑充血等病症。

关乎川端康成初恋的失败及川端大学时代在《南方的火》中写下的“初恋”和易学关系的宿命主题，可以说缠绕在作者的一生之中。笔者暂且将此命名为“川端康成的‘重离’情结”。这个“‘重离’情结”也一直若隐若现地存在于川端康成的创作之中，并且在佛教思想中得到了升华。

关于这一点将在下面的章节中进一步展开。

伊藤初代与川端诀别后，回到了妹妹与父亲生活的岩手县江刺郡，但是不久后又到了东京，在川端康成读书的东京帝国大学附近的咖啡店做女招待。正像《南方的火》中所记载的那样，川端的化身，作品的主人公时雄知道了后来到了这家咖啡店：

时雄说："这都是命运，到我这里来吧。这些都是命里注定的。"

"可是，我已经变成了现在这个样子了。"

"你变成了什么样子呀？你不是什么都没变吗？"

"已经变了呀！"

"你什么也没有变呀！你不是好好地坐在这里吗？"

他说这话时好像使出了浑身解数。

"这都是我的不好，我不能呆在您能看到的地方，我得消失到您看不到的地方去，我会消失的。"[1]

[1] 川端康成：《南方的火》，《川端康成全集》第2卷，新潮社，1980年，第542页。

后来初代为躲避川端，离开了这家咖啡店，1923年与一家咖啡店的总管结婚，生有一女，三年后丈夫逝世，初代再婚，夫家姓樱井，再婚后有两个孩子。她在再婚后曾经去过川端家。川端香男里先生在“川端康成与永远的少女”这篇文章中说：

> 关于昭和七年（1932年）3月，初代来到川端家的动机，我认为借钱的可能性很低，而很可能是希望川端康成收她和前夫的孩子做养女，川端夫人秀子也证明了这一点。
>
> 初代在昭和二十六年（1951年）2月逝世，川端康成知道她的死讯是在昭和四十年（1965年），在这一年的《周刊朝日》7月2日号中，川端康成在“名胜介绍”这个栏目中写了介绍水乡的事，但是这里面包含着哀悼的段落。作者从栗岛澄子（日本著名演员）的电影《船夫小歌》的联想谈起，谈到了和栗岛澄子相像的初代：“20岁的我和14岁的少女订婚，但是马上就没有理由地烟消云散了，使我的心受伤很深。在关东大地震时，我惦念少女是否平安，徘徊在废墟的荒野中。我觉得这个少女和电影《船夫小歌》，特别是《水藻之花》中扮演潮来（地名，在日本茨城县）的女船夫的栗岛澄子长得一模一样。在满员的电影院

里，我站着看这个电影，在一起来的朋友面前强忍着泪水。这个少女现在已经不在人世了，在她侄儿的信中，我知道了她的死讯。”

昭和四十七年（1972年）6月3日，暂时埋葬的初代的遗骨被移送到镰仓灵园，同一天，也举行了川端康成的纳骨仪式，当时戒备森严，问灵园事务所是怎么回事？才知道是当时的佐藤荣作首相也来参加川端家的纳骨仪式。川端康成和初代一直到最后还有如此不可思议的缘分。[1]

---

[1] 川端香男里：《川端康成与永远的少女》，《文艺春秋》，2014年8月号，第124页。

第五章

川端康成与一休及易经

第一节　川端康成与一休——以《睡美人》为中心

川端康成从年轻时代起，就对日本室町时代禅师一休非常着迷、崇拜，而且这种情感一直持续到老年，但是年轻时代的川端和老年时代的川端对一休的崇拜有所不同。青年时代的川端，崇拜一休的思想和艺术美的一面，也就是世俗观点上的“正面”的一面，如他在自己的早期作品《抒情歌》中写道：“我觉得比什么都美的是一休的有关精灵祭的心，他唱道：山城的瓜呀，茄子呀，都这样原汁原味地献给精灵呀，还有那加茂川的水呀……”[1]

从昭和二十五年（1950年）开始，也就是从他51岁开始，一休禅师的“佛界易入，魔界难入”的诗偈开始频繁出现在川端的作品里，最初出现在《舞姬》（1950.12-

[1]《川端康成全集》第3卷，新潮社，1980年，第482页。

1951.3，此处所标注的时间是指从连载开始到结束的时间，下面几部作品相同）中，在他最后的作品《蒲公英》（1967.2–1968.10未完）中也出现过。而“魔界”这个词，散见在《千只鹤》（包括续篇《波千鸟》，1949.5–1954.7）、《湖》（1954.1–1954.12）、《睡美人》（1960.1–1961.11）、《美丽与悲哀》（1961.1–1963.10）、《一只胳膊》（1963.8–1964.1）等作品中。这说明愈到创作后期，川端康成愈对一休思想的另一面，也就是世俗观点上的“丑”的、破戒的、“背德”的一面着迷。而在川端康成的小说里，《睡美人》是最充分表现川端康成与一休的关系的一篇小说。

《睡美人》是川端康成晚年的中篇小说，从1960年开始在《新潮》杂志上断续连载，到1961年11月载完。在日本文学界，对这部作品的议论颇多，有人说这篇小说是探究生命神秘的作品；有人说这部作品像过度成熟的果实，发散着腐烂的芳香，是颓废派的逸品；还有人运用弗洛伊德的理论加以分析，说这部作品所表现的是“子宫回归”。在众多的评论中，可以说是“毁多誉少”，很少有人认为这部作品是一篇优秀小说。[1]而我认为，这部作品

---

[1] 本文参照的关于《睡美人》的研究论文，系《日本文学杂志文献目录》（日外阿索西埃斯编辑、出版）及《日本出版年鉴》中所举论文、书籍等。

是川端文学的一个高峰，也可以说是一部具有深刻宗教内涵的宗教小说，首先我认为，这部作品与一休有着深刻的联系。

川端康成与佛教的联系，首先与他的出身有密切关系。川端康成的祖上代代承袭与佛教有关的职业，而且他在很小的时候就与父母死别，是和祖父一起长大的，他的祖父皈依佛教之心甚笃，甚至曾让一个尼姑把户口落在了他们家的户籍上。

川端从早年开始，就非常喜欢读禅僧一休的书，在他33岁时的作品《抒情歌》中，充分表现了他对一休思想的热衷与崇拜，在这以后的《舞姬》《湖》《蒲公英》等作品中，更表现了他对一休“佛界易入，魔界难入”这一禅偈的“情有独钟”，在他的诺贝尔奖获奖致辞《美丽的日本与我》中，他用了很大篇幅论及一休，而晚年的小说《睡美人》无论在情节结构还是深层隐喻上，都和一休的思想及艺术有着千丝万缕的联系。

《睡美人》讲的是一个专为失去了男性机能的老人服务的地下俱乐部的故事，这里有服了安眠药深深熟睡着的美女。主人公江口老人在这里一共度过了5个夜晚，在熟睡着的美女的裸体之前，在触摸与依偎这无声的妖冶之时，江口老人沿着性与色的意识流，想起恋人、母亲、女儿及在自己的一生中所邂逅的所有女性，也使他衰微的色情升华为一种祈念之心。

作为主人公的名字的“江口”一词，原本是日本中世谣曲的名字（已故研究家鹤田欣也教授曾经指出：《睡美人》中主人公的名字与谣曲《江口》中妓女的名字相同，但并未言及谣曲《江口》与一休的关系），虽然一般认为《江口》是猿乐（始于日本平安时代的传统表演艺术）师观阿弥、世阿弥父子所做，但也有的专家认为是一休所作[1]。日本新潮社出版的《新潮日本文学词典》在有关一休的词条中写道：“听说一休还创作了《山姥》《江口》等谣曲，除了与世阿弥、金春禅竹等能乐作者交往之外，与茶道的珠光、连歌的宗祇、宗长、蜷川智蕴等也有交往，为中世艺术象征性地完成起了不小的作用”[2]。日本禅宗学者柳田圣山也曾指出：“一休是个多面手，不仅写汉诗，也作和歌和假名法语，还有人认为《山姥》《江口》这些谣曲也是一休之作。”[3]

谣曲《江口》的内容与《睡美人》有着密切的联系。《江口》的情节比较简单，讲的是一个叫做“江口”的小

---

[1] 柳田圣山：《一休〈狂云集〉的世界》，人文书院，1981年，第8页。

[2] 新潮社编：《新潮日本文学词典》，新潮社，1990年，第86页。

[3] 同注［1］。

村落来了一个行僧，想起了平安末期、镰仓初期的诗僧西行和妓女江口君的一段用诗所进行的问答，他不由地随口吟出这段诗问答。这时出现了一个女子，吟出当年江口君返答之诗，并告诉这个行僧，她就是江口君之灵，然后消失了。

这天夜里，行僧的眼前出现了很多船只，江口君和众多的妓女乘船而行，慨叹眼前的景色，将人生种种迷妄之相托于歌舞。片刻之后，江口君变成了普贤菩萨；船只化作了白象，于虚空中消失。

这里值得注意的是江口君变成了普贤菩萨，船只化作了白象这一奇特的意象。在佛教中，普贤菩萨和文殊菩萨都是释迦如来身边的菩萨，在《法华经》中，作为女人成佛的证人而存在，而“白象”在佛教中有两层意象，一是普贤菩萨所乘灵兽；二是释迦之母摩耶夫人怀上释迦时曾梦到过白象。而在川端康成的小说《抒情歌》中有如下的段落：

> 我喜欢有关释迦牟尼的前生是白象的传说。燃烧麻杆的“迎火”和放河灯这些精灵祭[1]的形式在我

[1] 放河灯：在盂兰盆节的最后的一天，在小灯笼点上火，放在海域或河里送死人的灵魂归去的仪式。

看来原本也是很美的。不忘那些无人凭吊的亡灵，在河上进行“施恶鬼”的仪式，甚至还进行“针供养”[1]，这就是日本人。而我觉得比什么都美的是一休的有关精灵祭的心，他唱道：山城的瓜呀，茄子呀，都这样原汁原味地献给精灵呀，还有那加茂川的水呀……[2]

综上所述，“江口”这个名字，是《睡美人》和一休相联系的关键的一点，同时也是有关作品主题的一个重要设定。《睡美人》一个最重要的设定，就是在熟睡的美女中见到佛的场面，在《睡美人》的第三章中，有如下的段落：

从世俗的角度来讲，这些老人不是落伍者，而是成功者，但是他们之中某些人的成功，也许是以作恶为手段夺得，并以恶的积累为前提保持的。与其说他们是心灵的安泰者，不如说他们是心灵的恐怖者和惨

---

[1] 针供养：见川端康成《睡美人》，《川端康成全集》第18卷，新潮社，1980年，第190—191页。

[2] 川端康成：《抒情歌》，《川端康成全集》第3卷，新潮社，1980年，第482页。

败者。当他们接触到这不得不睡下的姑娘的肌肤躺卧在那里的时候，从心底涌出的，也许不只是接近死亡的恐惧，失去青春的哀绝，还会有背德的悔恨，成功者常有的家庭的不幸。他们恐怕没有能够跪拜的神佛吧？他们紧紧地抱着这裸体美女，流着冷泪，号啕呜咽，大声呼叫，然而姑娘不会知道，也不会醒来，老人既感觉不到羞耻，也不会感到自尊心受到了侵害。他们完全可以自由地悔恨，自由地哀伤。如此看来，“睡美人”不是像佛一样吗？而且还是鲜活的身体。姑娘年轻的裸体和气味，也许安慰了如此可怜的老人们，使他们感受到了被宽恕的欣喜。[1]

在女人的身体中看到佛的存在这种表现，并不是川端康成的发明，一休可以说是他的大先辈。在一休的汉诗集《狂云集》中有如下的诗作：

盲森夜夜伴吟身，
被底鸳鸯私语新。
新约慈尊三会晓，

[1] 川端康成：《睡美人》，《川端康成全集》第18卷，新潮社，1980年，第190—191页。

本居古佛万般春。[1]

如此将佛和女人及性的交涉重叠在一起加以表现，在日本和尚中一休是最极端的存在。

诗中的“盲森”中的“盲”，是盲人的意思，而“森”是一名女性的名字。据柳田圣山的《一休〈狂云集〉的世界》，盲森是一休约在文明三年（1471年）认识的美女，她大约是在文明三年春天在一休的生活中登场，留在一休身边照顾他的生活，并与一休产生了深挚的爱情。在《狂云集》中，有描写一休见到盲森时的诗作：

住吉药师堂叙

文明二年仲冬十四日，游药师堂听盲女艳歌，因作偈记之。

优游且喜药师堂，
毒气便便是我肠。
愧惭不管雪霜鬓，
吟尽严寒秋点长。

[1] 市川白弦、入矢义高、柳田圣山校注：《中世禅家思想》（日本思想大系之十六），岩波书店，1972年，第363页。

忆昔薪园居住时，
王孙美誉听相思。
多年旧约即忘后，
更爱玉阶新月姿。[1]

除以上的诗外，还有如下的后记：

右余寓薪园小舍有年。森侍者，闻余风彩已有向慕之志，余亦知焉。然因循至今。辛卯之春[2]邂逅于墨吉，问以素志，即诺而应，因作小诗，述之。[3]

森是盲女这件事，可以说是《睡美人》和一休在意象上的一个连接点，在《狂云集》中，有题为“看森美人午睡”的诗作：

[1] 市川白弦、入矢义高、柳田圣山校注：《中世禅家思想》（日本思想大系之十六），岩波书店，1972年，第363页。

[2] 文明三年（1471年）的干支为辛卯。

[3] 同注［1］。

一代风流之美人，
艳歌清宴曲尤新。
新吟肠断花颜靥，
天宝海棠森树春。[1]

客散曲终无一声，
不只极睡几时惊。
觑面当机胡蝶戏，
谁闻日午打三更。[2]

将一休如此的诗作与川端康成对一休的倾倒结合起来考虑，不能不让人觉得，《睡美人》中的意象似乎是受到了一休诗作中盲森形象的触发。在《睡美人》中，大约有四分之一的场面，是描写主人公江口老人如何观察睡美人的睡态，这一点和上述的一休的诗是相通的，而类似于“觑面当机胡蝶戏”的意象，在《睡美人》中有3处，首先在第一章里有两处：

---

[1] 市川白弦、入矢义高、柳田圣山校注：《中世禅家思想》（日本思想大系之十六），日本：岩波书店，1972年，第363页。

[2] 同上。

江口握住姑娘的手脖伸向侧腹部，正好触到了姑娘的脉搏，他用食指和中指压住姑娘的脉搏，感到了那脉搏均匀而动人的波动。姑娘安堵的呼吸的频率，比他自己的慢些。风一阵一阵地从屋顶上吹过，听起来也不像刚才那样，饱含着冬日将近的寒冷。拍打着崖岸的波浪，听起来仍是一浪高过一浪，但已变得柔和多了，这声音像美妙的音乐，从海上升起，在姑娘的体内余音袅袅。这声音沿着姑娘的脉搏延伸，和姑娘的心跳连成一片。在老人的眼帘中，雪白的蝴蝶正和着音乐飞舞。[1]

在上野的不忍池和那个姑娘不期而遇时，姑娘正背着一个婴儿在走，婴儿戴着一顶白毛线帽子，那是不忍池中的莲荷已经干枯了的季节。今天在熟睡的姑娘身边，江口的眼帘中之所以出现了白色蝴蝶飞舞的景色，也许是因为联想起了婴儿的白帽子吧？[2]

在第四章中，有如下的段落：

---

[1] 川端康成：《睡美人》，《川端康成全集》第18卷，新潮社，1980年，第151页。

[2] 同上，第152页。

在庭院铺着踏石的小路旁那修剪得很低的树丛里，有两只蝴蝶在嬉戏，一会儿藏进树丛里，一会儿擦着树丛飞起，玩得兴致勃勃。还有两只在向上飞，稍稍飞离了树丛交相飞舞，一只从叶子中飞出，接着又飞出了另一只，想它们也许是两对蝴蝶，忽然又变成了五只舞成一团，想是增加了一个竞争对手，可树丛中又不断地有蝴蝶飞出，庭院群蝶乱舞。而蝴蝶们都不向高处飞。低垂着铺展的枫叶的枝头在微弱得难以感觉到的风中摇摆，枫树纤细的枝头垂着很大的枫叶，因此对风很敏感。白色的蝴蝶群像白色的花园一样数量越来越多。在江口的这个幻象中，净是枫树的意象，这也许和这个“睡美人之家”有联系吧？幻象中的枫叶或是变黄或是变红，蝶群的白非常鲜明，但“睡美人之家”的枫叶已经快落光了，也许只有零星的几片还挂在蜷缩的枝头，天上下着雨夹雪。

江口完全忘记了外面雨夹雪的寒冷，冥冥之中，也许白色蝶群飞舞的幻象，是因为姑娘丰满雪白的胸脯正在自己身旁展开。[1]

---

[1] 川端康成：《睡美人》，《川端康成全集》第18卷，新潮社，1980年，第203—204页。

由此可见，《睡美人》中所表现的意象与一休有关盲森的诗的意象有惊人的相似之处，这除了川端康成酷爱一休的诗篇以外，也与一休和川端康成在经历上有颇多的相似点有关。

首先，在一休和盲森的爱情中，有一种强烈的“单向通行”的感觉，森是个盲人，一休能看到森，而森却看不到凝视着她的一休。我们从川端康成的经历和作品中也可以看到这种爱的“单向通行”的感觉。首先，一休和川端有着相类似的经历，可以说他们都是孤儿或曰“准孤儿”。据柳田圣山的《一休〈狂云集〉的世界》，一休生于应永元年（1394年），这是足利义满统一南北朝以后的第三年。一休的父亲是后小松天皇，“其母藤氏，南朝簪缨[1]之胤，事后小松天皇，常事箕帚之劳，帝宠渥之。”[2]但是后来，有人进谗，诬一休之母为南朝的奸细，因此被逐出宫廷，在嵯峨草堂寂寞度日。一休是作为没有父亲的孩子，由母亲一手抚养，在六岁时作为安国寺像外集鉴的侍童进安国寺，并得到了“周建”这个僧名。一休从未见过父亲的面，而且在幼小的时候就离开了母亲，因此不可避免地有一种强烈的孤儿意识，他思慕父

[1] 簪缨：簪与缨，古时达官贵人的冠饰。

[2] 见柳田圣山：《一休〈狂云集〉的世界》，人文书院，1981年。

亲，热爱母亲，而父母却难以来疼爱他，特别是父爱，他是根本不能得到的，这也就是所谓爱的“单向通行”的感觉吧？而川端康成两岁丧父，3岁丧母，15岁的时候与唯一的亲人祖父死别，成了“天涯孤儿”。23岁时，他又经历了一次对其打击甚重的失恋，初恋的对象伊藤初代离他而去，行踪不明，使他挥之不去的孤儿之爱的“单向通行”的感觉变得更加强烈。

这种天涯孤儿的爱的“单向通行”的感觉经常使一休和川端康成痛苦不堪，为了消解这种日夜蚕食心灵的感觉，他们也都追求自身痛苦的宗教性的升华，力图在超人间的世界中摆脱在人间所不能摆脱的痛楚感觉。

一休曾对《碧严录》中“玄沙的三种病人”这一禅问答非常感兴趣，这个禅问答是有关如何向盲、聋、哑三种病人传授佛法的禅公案，在《五灯会元》中有如下的记载：

师（玄沙）垂语曰：“诸方老宿尽道接利生，只如三种病人，汝作么生接？患盲者，拈槌竖拂他又不见；患聋者，语言三昧他又不闻；患哑者，教伊说又说不得。若接不得，佛法无灵验……”

有僧请益云门，门曰：“汝礼拜着。”僧礼拜起，门以杖桎之。僧后退，门曰：“汝不是患盲么？”复唤：“近来前。”僧近前，门曰：“汝不是患聋么？”门曰“会么？”曰：“不会。”门曰：“汝不是患哑么？”僧于是有所省。[1]

这段话翻译成现代汉语就是：师（玄沙）说：“你们诸位都想传道救济众生，如果来了下述的三种病人，你们会怎么传道呢？来了患盲者，拈槌竖拂他又看不见；来了患聋者，语言精要他又听不见；来了患哑者，教他说他又不会说。如果因此你就不向他传道了，那佛法岂不是不灵了？”

有僧就此请教于云门，云门说：“你礼拜一下。”僧礼拜了一下起来，云门用杖打他，僧人后退，云门说：“你不是患盲吗？”云门又说：“靠近一点儿。”僧靠近，云门说：“你不是患聋吗？”云门又说“懂了吗？”僧说：“不懂。”云门说：“你不是患哑吗？”僧于是有所省悟。

在一休的《狂云集》中，有关于这一禅公案的诗作：

盲

瞎驴不受灵山记，

[1] 普济：《五灯会元》卷七，中华书局，1984年，第398页。

四七二三须愧惭。
岂堕在光影边事，
铜睛铁眼是同参。

聋

挂拂遭呵百炼金，
天生怀海耳根深。
真闻真个在何处，
为鼓无弦一曲琴。

哑

一句欲披吾郁襟，
舌头柱腭笑吟吟。
灵云不答长庆问，
谁识金言犹在心。[1]

这个禅公案的极意，在于通过将问题的提出者与问题中的患聋、患盲、患哑的三种病人作无媒介交换（问题的提出者就是三种病人，三种病人就是问题的提出者），强

[1] 市川白弦、入矢义高、柳田圣山校注：《中世禅家思想》（日本思想大系之十六），岩波书店，1972年，第291—292页。

调禅的绝对的同一性。在禅的极意处，传达佛法不需要形象也不需要语言，心既是世界也是佛法。一休在自己的诗中用“岂堕在光影边事，铜睛铁眼是同参”，“真闻真个在何处，为鼓无弦一曲琴”来表现这种意境。一休之所以对如此的禅公案产生强烈的共鸣，其实与他在潜意识中隐藏的那种孤儿的焦灼有一定的关系，对于生涯中那些他所爱的人，那些看不见他爱的凝眸，听不见他想念的诉说，回答不了他思慕的追问爱的对象，他有一种空虚而挥之不去的焦灼，他力图将这种爱的“单向通行”的感觉升华为一种宗教意识，在“绝对的同一性”中克服这种感觉，实现一种“不可传达中的传达”和“没有回应中的回应”，正是：“灵云不答长庆问，谁识金言尤在心。”

与一休一样，川端康成也力图通过将自己孤儿的情感向宗教意识的升华，克服爱的“单向通行”的感觉。在他的小说《孤儿的情感》中，有如下的段落：

> 你懂得“无”这种感觉吗？“无”是比所有的存在更广大更自由实在，我有对“无”的一种感觉，那就是我对一片我所看不见的枯叶的感觉不见得比对整个青空的感觉要小。
>
> 也许有人会说：你说的是什么呀？自以为是罢了。
>
> 的确是这样，我在想我死去的父母，我所说

的是：我见也没见到过的父母，在我的感觉中，与“无”同然的父母。”[1]

在川端康成未完成的小说《蒲公英》中，更加充分地体现了这种爱的“单向通行”的感觉和对宗教性的拯救的追求，而且这种表现直接和一休联系在一起。《蒲公英》讲的是一个叫做“生田病院”的精神病院里的患者们的故事。一个叫做“西山老人”的患者，经常书写一休的“佛界易入，魔界难入”这个八字禅偈：

“西山老人自己这样读这句禅偈：‘佛界，易入，魔界，难入。’（中略）老人的书法很有力，无俗气、匠气，但似有狂气。”[2]

在这段文字的后面，是有关小说的主人公，刚刚入院不久的木崎稻子和西山老人的一段描写，作者推测道：如果将来木崎稻子接近西山老人，也许会发生奇怪的事情，患人体缺盲症的木崎稻子，可能完全看不到西山老人的身体，但却很可能看得见西山老人挥毫写一休的八字禅偈。

难道患人体缺盲症的木崎稻子，不是盲森的再现吗？

[1] 川端康成：《孤儿的感情》，《川端康成全集》第2卷，新潮社，1980年，第171页。

[2]同上，第442页。

稻子与盲森一样，是以经常挥毫书写“佛界易入，魔界难入”的老人为对象，那么可不可以说，一休的禅偈，是将稻子与盲森，以至于是将一休和川端康成连接在一起的纽带呢？而在《蒲公英》的象征的层面上，这个故事也可以说是和“玄沙的三种病人”这一禅的公案的极意是相通的。由此我们也可以清楚地看到，川端康成在自己的生涯中所体验到的爱的“单向通行”的感觉，和一休是完全相通的，而《睡美人》可以说是川端康成体现这种爱的“单向通行”的感觉的作品的顶点。作品之中吃了安眠药后沉睡的美女，可以说是暂时地同时具备“盲、聋、哑”的三种性质，作品中的老人们和那些睡美人之间的关系，是完全的“单向通行”的感觉，川端康成也正是通过这种“单向通行”的感觉的设定，进而寻求一种宗教性的拯救。

在《睡美人》的世界与一休之间，还有一个非常重要的关联之处，那就是一休曾给自己起了一个雅号叫做“梦闺”。一休在自己的作品《几诗情》的序言中写道：“渴焉梦水，寒焉梦裘，梦闺房乃余之性也。近古世有三梦之称，所谓梦窗、梦蒿、无梦和尚也。余顷以梦闺偏吾斋焉。”[1]

---

[1] 柳田圣山：《一休〈狂云集〉的世界》，人文书院，1981年，第41页。

“梦闺”在古代汉语中有两层意思，第一是梦见了年轻的女子的意思，这时的“梦”是一个谓语的成分；第二个意思可以解释为做梦的年轻的女子，这时的“梦”是一个定语的成分。《睡美人》这篇小说的题目，可以说是“梦闺”的第二个意思，而从《睡美人》的内容来看，全篇约有六处是主人公江口梦见自己过去的女人的场面，这可以说是“梦闺”的第一层意思。

由此可见，《睡美人》无论主题、题目还是内容，都与一休有着深刻的联系。川端康成在他的诺贝尔奖获奖演说中，也披沥了他对一休的热衷：

> 我知道那个一休禅师（一三九四——一四八一）曾两次企图自杀。
>
> 在这里，我之所以说“那个”一休，是因为那个作为童话的中的顿智和尚的一休为孩子们熟知，有关他的奔放无碍的美谈广为流传：“儿童爬到他的膝上，玩弄他的胡须；野鸟在他的手中啄食”——这真是无心的极致，他被描绘成一个非常容易接近的，非常慈祥的僧人，其实，他是一位非常严峻深邃的禅僧。这位被认为是天皇之子的一休，6岁入寺庙，并显露了他天才的少年诗人的光彩。他为根本的人生与宗教的疑惑所烦恼，说：“如果有神，神就救我；如

果无神，就让我沉于湖底，肥鱼之腹。”然后欲投身湖中，被人阻止。后来，因为大德寺有一名僧人自杀，连累数名僧人入狱，他感到负有责任，“肩上很重”，于是进入山中绝食，决心自杀。

一休替自己的诗集取名《狂云集》，也自号“狂云”。《狂云集》及其续集中有日本中世的汉诗，特别是禅僧之诗中绝无仅有，令人惊魂落魄的恋爱诗和露骨地描写闺房秘事的艳诗。一休吃鱼，饮酒，近女色，超越禅的戒律、禁忌，并从中解放自己，从而反对当时形骸化的宗教，有意在因战乱而崩溃的人心中，恢复、确立人性的实在和生命的本然。[1]

佛教原本是禁欲的，佛教的戒律要求佛教徒远离红尘，勿近女色。然而，中国禅宗在其发展的过程中，从“绝对的同一性”这一佛教的原理出发，轻视戒律与经典，将超越人世间的佛教的净土世界向人间社会移行，创造了新的佛教。一休禅师的许多诗作、“梦闺”这一雅号及他与盲森的爱情，可以说是中国的禅宗思想，特别是唐末以来的狂禅思想的具体体现。

---

[1] 川端康成：《美丽的日本与我》，《川端康成全集》第28卷，新潮社，1980年，第350—351页。

无论是一休的思想还是川端的《睡美人》，其中都含有一个美女和佛的统合的问题，也就是一个在极端相对的对象中创造“绝对的同一性”的问题，这当然是一个人生的，也是宗教的难题，无论是一休还是川端，都在不同程度上想通过对这一难题的宗教性的解决，克服他们在生涯中所体验到的痛苦的爱的“单向通行”的感觉。

从禅宗的观念来看，世间的一切，都是释迦的转生，释迦虽然已从三世[1]中解脱，但仍经六道轮回生存在世，只要没有达到所有的生物都获解放，释迦就没有完成其自身的大悟。为了达到这个悟的世界而轮回于六道的释迦，有可能成为世间所有的一切。从这种观点出发，世界中的对立与统合是不可分割的。在一休的《狂云集》中，有题名为“佛诞生”的一首诗：

三世一生异号多，
何人今日定淆讹。
娑婆来往八千度，

[1] 三世：即过去（前世、前生、前际）、现在（现世、现生、中际）、未来（来世、来生、后际）。是佛教业报轮回说的理论根据之一。

马腹驴腮又释迦。[1]

在佛教中，虽然供奉药师如来、观音菩萨、地藏菩萨、势至菩萨等诸佛诸菩萨，但这些不过是倾听众生祈愿的救世主的代名词，其实都是释迦一佛所变。禅宗的某些流派将这一原理敷衍开来，提出轮回于六道的释迦也可能变成驴马之说。同样从这样的观点出发，在这个娑婆世界，佛和美女虽然存在着对立的一面，同时也存在于绝对的同一性之中。通过将佛和美女统一在一起创造绝对的同一性的意象，并不是一休的发明，它的渊源在中国，特别是来自中国的“狂禅”，一休是接受了中国的“狂禅”禅法的影响，创造了如此的诗与宗教的境界。“狂禅”的真髓，在于脱离佛法与世间的常理，力图在人的文化的“理”所不可企及的地方探究佛教究极的真理，而其表现形式，常常是异常、怪诞、奇特、荒谬的。

若追溯一休的宗教系谱，他算以南宋末虚堂为祖的日本临济宗大应、大灯法系，如进一步向前追溯，他的远祖属承继唐临济义玄之法的临济宗杨岐派一系。晚唐时，黄檗山希运将六祖慧能的“顿悟法门”传与临济院义玄，

[1] 市川白弦、入矢义高、柳田圣山校注：《中世禅家思想》（日本思想大系之十六），岩波书店，1972年，第285页。

义玄起创“临济宗”。从义玄起经数代后，至楚圆慈明。楚圆慈明曾在石霜崇胜寺说法，其弟子有慧南与方会等。后黄龙山慧南开黄龙派；方会开杨岐派，传授“三世诸佛在尔诸人脚跟下转大法轮”等禅法。如上所述，一休受这种禅法影响，写过有关“三世一身”的诗，一休也经常写诗叙述自己的禅宗法系，同时论及自己的祖师楚圆慈明等人，并将慈明与美女、梦闺、性的世界混同在一起加以表现。在《狂云集》中，有如下的诗作：

疏壁斋

杨岐天下老禅翁，
从此大兴临济宗。
红尘紫陌我乍往，
山舍半吹黄叶风。[1]

大灯忌宿忌以前对美人

宿忌之开山舍风，
经咒逆耳众僧声。
云雨风流事终后，

---

[1] 市川白弦、入矢义高、柳田圣山校注：《中世禅家思想》（日本思想大系之十六），岩波书店，1972年，第339页。

梦闺私语笑慈明。[1]

在一休的诗中，他不仅把大灯、慈明和“云雨之事”混同在一起加以表现，而且还要把佛陀放到闺房里去。柳田圣山认为：古往今来，把佛陀放在闺房里表现的人除了一休再无二人，其实一休的这种表现，只不过是对他所属的杨岐派中的公案的借用与改变。在《五家正宗赞》中有如下的公案：

尼姑天著在出家之前，曾去参拜杨岐派南岳下十世宗师径山宗杲。宗杲让她进自己的寝室里去，然后让弟子道颜去寝室里看一看天著在寝室里干些什么。道颜一到帐前，“见著寸丝不挂，仰卧于床，师指曰：‘这里是什么去处？’著曰：‘三世诸佛、六代祖师、天下老和尚，皆从此中出！’师曰：‘还许老僧入否？’著曰：‘这里不度驴度马。’”[2]

综上所述可看出，川端康成的《睡美人》的意象、主题和题目，与一休的诗作及其生活有着密切的关系，而从

[1] 市川白弦、入矢义高、柳田圣山校注：《中世禅家思想》（日本思想大系之十六），岩波书店，1972年，第275页。

[2] 《五家正宗赞》第2卷，“卍庵颜禅师”，引自中华电子佛教协会网页。

一休再向前追溯，则与中国的禅宗，特别是“狂禅”有着深刻的渊源关系。究其问题的核心，则是佛与美女及性的统一的问题，实质上是一个“绝对的同一性”的问题，其表现形式是异端的，而其本质却是严峻深邃的禅的宗教问题。

川端康成在《睡美人》中，除设定了佛与美女的同一性以外，还在其他的方面追求“绝对的同一性”的感觉，当然这也是克服感情的“单向通行”的一种心理上的努力。这主要表现在：1. 通过对性的超越追求同一性。从身体的状态来看，鲜活而年轻的、充满性的活力的姑娘和性功能丧失、行将就木的老人是一种对立的存在，但是作者将美女设置在一种沉睡状态中，以“沉睡”为媒介，为老人和美女创造了一种同一的性的虚无状态。2. 通过将年龄归于“无”追求同一性。姑娘们年轻的生命，处于人生的初始位置，而老人们的生命，处于人生行将结束的位置，这是一种对立的状态，可作者通过梦、回忆等造成的幻觉状态，使时间同一化。从《睡美人》的主人公的行动状态来看，可以分成两个侧面，一个是江口老人处于清醒状态的现时态；另一个是由回忆和梦构成的“幻”。在“幻”中，时间处于混沌状态，在这种混沌状态中，老人的生命时间逆行，不断回归青春时代，年轻的自己和年轻时代的恋人不断在梦中出现，在这样的睡美人和老人共同带来的幻觉状态中，两者的时间获得了同一性。3、通过死获得的同一性。在作品中，一个老人死在了睡美人的房间中，还有一个睡美人也死掉了，老人和睡美人在归宿上获得了同一性。死中没有阶级，没有美丑，没有老少，在宗教中，死永远是一种极境，因为只有死，才有最高的绝对的同一性。最后我们想接触的，是丑与美的问题。通过小说表现生命中丑的世界，可以说是川端康成晚年创作的一大特征，《湖》《山之音》《千只鹤》等都具有这样的倾向，而《睡美人》可以说是他表现生命之丑的作品的顶点，请看作品中如下的段落：

> 即便是老后舒适的游戏，轻而易举的还童，在这底下潜藏的，仍然是悔恨也不能还原，挣扎也不能恢复的实在。今天这个“熟练”的妖冶的女人（指干睡美人这个行当）仍是个处女，这与其说是老人们的自重和坚守誓约，不如说是他们凄惨地衰亡下去的标志，姑娘的纯洁正是老人们老丑的象征。[1]

为什么川端康成晚年对表现生命之丑产生了强烈的兴趣呢？这与他越到晚年越喜欢一休有着密切的关联。他在

[1] 川端康成：《川端康成全集》第18卷，新潮社，1980年，第166页。

他的《美丽的日本与我》中写道：

> 一休曾经为僧的京都柴野的大德寺是今日的茶道的发源地，一休的墨迹也被挂在茶室中受到尊崇。我也藏有两幅一休的书法，其中一幅写着“佛界易入，魔界难入”。我深为这行字所吸引，自己也经常挥毫写这行字。其意义可作多种解释，若要深究，必臻于无限。“佛界易入”之后，随即加上了“魔界难入”，得此禅悟的一休深获我心。究极而论，大凡目标指向真、善、美的艺术家，“魔界难入”的愿望和恐惧的，通往祈念的思维不是表现于外就是潜藏在内，想必这是命运的必然。没有“魔界”就不会有“佛界”，而入“魔界”比较困难，内心怯懦者是无法进入的。
>
> 逢佛杀佛逢祖杀祖。
>
> 这是广为人知的禅语，佛教在宗派上分自力本愿和他力本愿，当然，在自力本愿的禅宗中会有这样激烈严峻的话语，而在他力本愿的真宗亲鸾（1173—1263年）的“善人往生，更何况恶人”的话语中，也有与一休的“佛界”、“魔界”息息相通的地方，同时也有相左的意味。亲鸾说他“没有一个弟子”。“逢祖杀祖”和“没有一个弟子”，也许都是艺术严

酷的命运。[1]

这里的所谓“魔界”，是以真、善、美为目标的大多数艺术家想要接触而没有接触到的一块领地，对于它，这些艺术家还只停留在愿望和通往祈念的思维的阶段，但它就是与真、善、美对立而又互为因果的人生的丑的宿命。进入真、善、美的“佛界”，对艺术家来说是容易的，把丑当做身外之物，尽情地抨击一通也是容易的。而真正进入丑，真正把它当做人类包括艺术家自己的宿命承担过来却是难的，因为这需要艺术家亲炙这丑的痛苦。

这个世界并不只是幸福和健康的人的世界，一切的丑并不都是必须抛弃的垃圾，因为丑在许多场合是必然的，宿命的。在这纷纭的、物质镇压着人性的世界上，一定会有人走向衰败，走向堕落，走向疯狂。知道占有美的幸福的人，也应该知道被丑占有的痛苦。作为艺术家，如果不进入这丑之中，不体验这丑的剧烈的痛苦和凄楚的宿命，就没有完成艺术家的使命，因为没有“魔界”就不会有“佛界”，正像佛陀只有灭度无量无数无边的众生之后方能进入“无余涅槃”一样，表现真、善、美的艺

[1] 川端康成：《川端康成全集》第28卷，新潮社，1982年，第351—352页。

术家也只有进入、表现、拯救了人生的“魔界”——丑的宿命之后，才能真正进入艺术的“佛界”——包容、温暖人类一切心灵的艺术的“无余涅槃”。达到了这个“无余涅槃”，就达到了东方美学无分别的极境。《老子》说：“唯之与阿，相去几何？美之与恶，相去几何？”《维摩诘所说经》说：“善与不善为二，若不起善与不善，入无相际而通达者，是为入不二法门。”《睡美人》就是通过进入“魔界”表现生命的丑的宿命，力图接触艺术的绝对同一性的作品。

表现是一种拯救，艺术的表现，是对丑的美的拯救，在这种拯救中，存在着宗教的绝对的同一性。

第二节　一休与五位说

——以“大过”卦为中心

一休也是易学高手。应永二十二年（1451年）他成为京都大德寺院高僧、华叟宗昙的弟子。对“洞山三顿之棒”的公案，他回答道：“从有漏路返回无漏路，休息一下，雨降则降，风吹自吹”，因此华叟授予他“一休”的道号。

《狂云集》中，有一首诗云：

老婆心为贼过梯，
清净沙门与女妻。
今夜美人若约我，
枯杨春老更生稊。

这首诗中所用典故，都是来自《易经·大过》。（详

见第三节）

据柳田圣山的《一休〈狂云集〉的世界》：

一休以‘大过’卦说事，来自华叟，而如此关心‘大过’卦，不仅仅华叟，还可以追溯到更加古老的时代。在这里不加以详细说明了。在发源于唐朝洞山良价的‘五位’说里，有关于《易经》‘重离’的话，这可以看做是用易经的卦相说明禅思想的始动，‘重离’也来源于‘大过’卦。一休的构想当然与中国曹洞宗的发展相关联，这是不说自明的。在那个时代，日本曹洞宗也一直在探究五位说。

譬如比一休的辈分稍大一些的中岩圆月，其《正中子》的‘革解篇’可以说是一种革命论，全篇都是用易经的卦相来说明禅理，如‘离卦’‘兑卦’‘孚卦’等，他所举的与五位有共通点的卦相引人关注。中岩是我们在第一章提到过的洞春翁的掌门弟子，跟一休是同时代的，南英谦宗的《重离卦叠变诀》是解释五位说的最有名的作品。这个人是属于曹洞宗的。[1]

---

[1] 柳田圣山：《一休〈狂云集〉的世界》，人文书院，1990年，第87–88页。

五位说是把法界分为偏（差别、现象、色等，洞山良价用“○”来表示）和正（平等、经验以前东西、绝对、太一、理、空等，洞山良价用“●”来表示），并将此组合成五种形式说明平等和差异的存在方式，最终以阐明“平等即差异”的世界，明确“绝对的同一性”为目的。

洞山的五位说有“正偏回互”和“五位正偏”这两个重要的概念。

“正偏回互”即作为互相关联，互相摄取，互相可逆。

“五位正偏”则是五个修行阶段。

①正中偏：修道者忘记了自己的心是本体、佛性、空，向现象、色界求本体、佛性。

②偏中正：悟出“本心即佛”，是从现象到本体，从色向空的转换阶段。

③正中来：虽然历尽千辛到达了本体、空之世界，但为了救济众生从空向色，向现象世界重新出发。

④兼中至：救济一切众生的灭度阶段。

⑤兼中到：完成救济众生的阶段，修行者回归空、本体的世界，色即是空，空即是色的阶段。

从这里我们可以看出，前述的一休的“佛界易入，魔界难入”的禅偈和川端的“睡美人”都是“五位正偏”的思想的表现，是为了阐明“绝对的同一性”即最终阐明平等即差别，色即是空，空即是色的世界的。

曹洞禅“五位正偏”受到了曹洞宗的大先辈云岩昙晟禅师（782–841年）的《宝镜三昧》的影响，《宝镜三昧》一般认为是写着洞山向云岩传授的秘诀的书。根据《宝镜三昧》，《易经》的“重离”包含着“五位正偏”的精髓。

根据惠洪觉范（1071–1128年）的《智证传》“离”（☲）为南方之卦，为火，以此喻心，将重离的六爻重新组合，可成五卦。第二爻和第三爻及第四爻组合，成兑（☱），第三爻和第四及第五爻组合，成巽（☴），兑上巽下重新组合，成大过，反过来巽上兑下组合成中孚。这就是以五卦对五位。

第三节 《山之音》与《易经》

川端康成的作品越到晚年其内涵就越深邃，往往是在简洁易懂的文字之下，构筑多层次的文化、思想与心理的迷宫，会使读者在“山重水复疑无路”的阅读困惑的极致之中峰回路转，看到“柳暗花明又一村”的精微而开阔的文化风景。如他在晚年的作品《睡美人》中，在“江口”这个主人公的名字里，用隐喻等文学手法，将中世的谣曲艺术的精髓、禅的世界观与思辨巧妙地“折叠”其中，而在《山之音》中，则通过慈童的假面，使中世美学中的“幽玄”像一条透明的纽带，将古代幽远的艺术和现代的主人公连接在小说内在的逻辑链条上，而且这部作品，还通过日本的中世艺术，特别是通过室町时代诗僧一休，把作品引入东方最神秘的经典——《易经》的意境之中。

一、《山之音》与一休及“大过”卦

《山之音》从昭和二十四年（1949年）9月开始，在《改造文艺》上发表，后来又在《群像》《新潮》《文艺春秋》上断续发表，昭和二十九年（1954年）由筑摩书房出版单行本，此单行本由16章构成。

从昭和二十四年到昭和二十九年，是一休的“魔界”与“佛界”这些词在川端康成的作品中频频出现的时期，但是在此期间写成的《山之音》，却没有直接出现“魔界”这个词，可如果仔细阅读《山之音》，会发现这篇小说是最接近一休“魔界”的作品之一。在一休的《狂云集》中，有一段文章和一首诗，具有强烈的破戒的、“背德”的性格，也就是最具“魔界”性格的作品，而这首诗的主题和意象，和《山之音》的主题、意象有惊人的相似之处。这段文章和诗是这样写的：

> 昔日有一婆子供养一庵主，经二十年，常令一二八女子送饭给侍，一日令女子抱定云：“正恁么时如何？”庵主云：“枯木依寒岩，三冬无暖气。”女子归，举似。婆子云：“我二十年只供养得个俗汉。”追出烧却庵。

老婆心为贼过梯，
清净沙门与女妻。
今夜美人若约我，
枯杨春老更生稊[1]

川端康成在创作《山之音》期间，曾反复读过一休的诗文，对一休有关破戒、“背德”、反伦常的思想非常着迷，而且经常把一休的诗偈当做座右铭挥毫书写，《狂云集》中如上的诗文也绝逃不过他的眼睛。一休的诗所表现的主要的意思是：那个所谓“坐怀不乱”的和尚可真是个傻瓜，如果换上我，虽然年老了，也一定和那个姑娘搂抱在一起，对于我来说这就是枯木逢春，老树抽新芽。这首诗中所用典故，都是来自《易经》，其中“女妻”和“枯杨生稊”两处来源于《易经·大过》。“女妻”是“少女妻子”的意思；“枯杨生稊”的意思是“干枯的杨树的根部抽出新芽，枯木再生。”“稊”是“古根中发出的新芽”的意思。下面我们来看一下“大过”卦的全文：

---

[1] 市川白弦、入矢义高、柳田圣山校注：《中世禅家思想》（日本思想大系之十六），岩波书店，1972年，第301页。

大过

《大过》：栋桡，利有攸往，亨。

《彖》曰：大过，大者过也。栋桡，本末弱也。刚过而中，巽而说，行。利有攸往，乃亨。《大过》之时大矣哉。

《象》曰：泽灭木，《大过》。君子独立不惧，遁世无闷。

初六：藉用白茅，无咎。

《象》曰："藉用白茅"柔在下也。

九二：枯杨生稊，老夫得女妻，无不利。

《象》曰：老夫女妻，过以相与也。

九三：栋桡，凶。

《象》曰："栋桡"之"凶"，不可有辅也。

九四：栋隆，吉，有它，吝。

《象》曰："栋隆"之"吉"，不桡乎下也。

九五：枯杨生华，老妇得士夫，无咎无誉。

《象》曰："枯杨生华"，何可久也。"老妇士夫"，亦可丑也。

上六：过涉灭顶。凶。无咎。

《象》曰："过涉"之"凶"，不可咎也。

译文

《大过》卦：正梁弯曲，利于出外有所往，通顺。

《彖》说：《大过》卦，大的过失。栋桡，用作正梁的木料软弱。（《大过》以九二为阳爻居阴位，九四亦为阳爻居阴位。是为“刚过”。九二为刚，居中位，九五为刚，居中位，是为“中”，）即刚过而中。（巽下兑上，巽为谦，兑是悦），是谦逊而和悦，可以行动。有所往则利，是“通顺”。《大过》的时机是重大的啊。

《象传》说：（巽下兑上，巽是木，兑是泽，木下泽上）泽水淹没了木船，是《大过》卦。君子因此独立不惧，隐居而不苦闷。[1]

初六：祭祀时用白茅衬在祭品底下，无咎。

《象》曰：“藉用白茅”柔软在下面。

九二：干枯的杨树的根部抽出新芽，老汉娶了年轻的妻子，没有什么不利的。

《象》曰：老夫少妻，相配得不正确。

九三：正梁弯了，凶兆。

《象》曰：栋桡之凶，不可补救。

---

[1] 大过卦引文和以上的译文见周振甫译注：《易经译注》，中华书局，1991年，第99—100页。

九四：正梁高起，吉。不过又有了其他变故，出现新的危险。

《象》曰：栋隆之吉，正梁隆起不向下弯曲了。

九五：枯杨开花，老妇人嫁给没有结过婚的男子，无害也没有什么值得荣耀的。

《象》曰：枯杨生华，怎么可能长久？老妇少夫，是丑陋的。

上六：忘己渡河，凶，（有救应），无害。

《象》曰：过涉之凶，因有救应，无害。

《大过》卦中有一种辩证法的论述，它告诉人们，盛极必衰，衰中也有盛的契机，因此，“大过”——过度的行为，有时是坏事，有时也是好事。

《大过》卦、一休的“婆子烧庵”的诗文及川端康成的《山之音》三者之间，在内容和象征的层面上，有两个非常重要的共同点。

1. 《大过》卦内含过度、异常、非均衡的意思；一休的诗文中也含有过度的破戒、异端、反佛教“清净”之说等内容，而《山之音》的主题意识中，也含有心理上的反伦常、异常和非均衡的意思。

2. 《大过》卦以“枯杨生稊”这个回春的意象为整个卦的意象中心，一休的诗将《大过》卦中的“枯杨生稊”这一意象原封不动地引用，而《山之音》用同样的意象构筑了作品主人公的心理构造和外在的文学的逻辑构造。

因此我们可以说，无论从作者在创造《山之音》阶段的文化汲取还是从《山之音》的内容来看，《易经》和《山之音》都有着非常密切的关联性。

二、信吾的梦与“枯杨生稊”

从《山之音》的整体结构来看，这部作品是围绕着主人公信吾对死的恐惧和通过乱伦达到“回春”的无意识的欲望展开的。

在作品的开头，信吾在去年，也就是他60岁的时候，吐了一点血。而今年初秋的8月10日夜，他突然听到了山吼：

> 像远方的风声似的，但其中含有地鸣般的底力。因为像是在自己的头中鸣响似的，信吾不由地晃了晃头，确认一下是否是耳鸣。
>
> 那声音停止了。
>
> 声音停止之后，信吾开始恐惧了。他不由地打了

个寒颤：这是不是在预示着自己死期将近呢？[1]

将山的风声作为不祥事的预兆这种说法，最早见于《易经》。《易经·蛊》曰："象曰：山下有风，蛊。"[2]宋代朱熹注之曰："山下有风，物坏而有事矣。"[3]而紧接"蛊"卦的"临"卦中，则有"《临》，元亨，利贞，至于八月有凶"的字样。《山之音》中的山吼"像远方的风声似的"，在古代汉语中，"风"和"音"是互相注释的汉字，都与"阴气阳气相互接触，而产生运动"这一字意相关，同时，信吾听到这声音还是在初秋的8月10日的夜里，这就不能不使人想到川端康成在这里是借用《易经》之说。

在《山之音》中，主人公信吾所注意到的"死的征兆"，除了"山之音"之外还有许多，如他梦到了死人，就想到："是不是这个人来接我了？"这也可以说是与《易经》相联系的"梦占"。而小说中和《易经》的"大过"卦联系最紧密的，应该是信吾的妻子保子的梦了。

---

[1] 川端康成：《山之音》，《川端康成全集》第12卷，新潮社，1980年，第248页。

[2] 朱熹注：《易经》，上海古籍出版社，1987年，第19页。

[3] 同上。

在“栗之实”这一章中，保子梦见了信州乡下自己家的房子，那房子已变得破烂不堪。信吾对妻子的梦非常在意。后来，女儿房子带着孩子回到了信州老家——

> 在保子梦见乡下老家的房子以后的三、四天，老家的亲戚打电报来，告诉他们房子带着孩子回到了老家。
>
> 是菊子拿到了这封电报，然后交给了保子。等信吾从公司回来以后，保子一边看着信吾读电报一边说：“他们好像是知道了我做了乡下老家房子的梦了，像是未卜先知似的。”她似乎是松了一口气。
>
> “回到了老家的房子吗？”信吾首先想到：“这下可能我不会死了。”[1]

为什么信吾会因为来了一封电报而想到“这下可能我不会死了”呢？也许这对于读者来说是很难理解的，但如果按照易占的观点来看，就很容易解释。在《易经》“大过”卦曰：栋桡，凶。《象》曰：栋桡之凶，不可有辅也（正梁弯了，凶兆。《象》曰：栋桡之凶，不可补救。）而保子梦见自己家的房子变得破烂不堪，与“栋桡，凶”

[1] 川端康成：《山之音》，《川端康成全集》第12卷，新潮社，1980年，第302页。

之卦象一致，这是以宅相所暗示的人的命运的“凶”相。可是，女儿房子带着孩子回到了乡下，并住进了老家的房子，说明保子梦中的凶兆还没有向现实的凶兆移行，因此信吾想道：“这下可能我不会死了。”

从宅相来判断人的命运的吉凶，对川端康成来讲不是偶然的。如前所述，川端康成的祖父深通《易经》，是以宅相来占卜人之命运的专家，他的《构宅安危论》，全书都在讲如何用宅相来占卜人之命运。像《易经·大过》一样，《构宅安危论》中也有以“栋”来占卜吉凶的地方。如在“建筑物相生相克”这一章中有如下的段落：

> 于本宅的草葺栋下连有瓦葺之栋，此栋若克草葺之栋，凶。纵令相生成吉相，于本宅做二栋，成二主相争之理，故由吉成凶也。

逃离死亡的愿望，是人的本性使然。信吾在感知死的征兆之后，不由地感到了恐怖，这种恐怖深深地渗透到信吾的无意识层面，就形成了信吾与乱伦和回春的意象相联系的梦。

对于老人来说，逃离难以避免的死亡的直接的心理手段，往往是寻求性的拯救。因为性是生存着的生命力的最直接的明证，同时性也是生命得以延续的唯一的手段。

老人所面对的是生命的断绝——无时间的死，而性所展开的，是以生命的继续为特征的时间的无限的延续。老人如果以同样的老人为对象追求性的拯救，生命的相续则难以实现。可是，如果老人向年轻的生命寻求性的拯救，则可能使老人衰老的生命在年轻的生命中放出余晖，展开通往无限的生命的时间。《易经·大过》根据这种生命现象的存在方式，提出了可以说是生命哲学的“枯杨生稊，老夫得女妻，无不利”的观点。但是，从世俗的观点看，“大过”的观念是一种“过度”。《山之音》中的信吾的八个梦，可以说是从正面隐喻了信吾“大过”的、也就是过度的、乱伦的“枯杨生稊”的愿望。在八个梦中，第一个、第二梦在“蝉之羽”中出现，在同一夜晚中连续出现。在第一个梦中，出现了在三年前死去的细木器木匠家端出荞麦面的场面：

好像是还没等吃呢就醒了。

荞麦面是放在外面涂黑，里面朱红的四角容器里，里面铺着竹帘，连梦中的荞麦面的颜色，现在还历历在目。

是梦中就有色彩？还是醒来之后自己加上了色

彩？自己也说不准，总之，这荞麦面历历在目。[1]

接着是和“辰巳屋”家的六个女儿中的一个模模糊糊地交往，女人的形状消失了，究竟是谁也想不起来，记得的只是“一种迟缓的感觉，身体也没合在一起，对方也没有反应，错过了时机”。

第二个梦，是梦见信吾公司里的要员，去年年末死去的相田拎着一升酒，来到信吾的家。

如果按着弗洛伊德的《梦的解析》来分析，梦中所有的长形的物体，都是男性性器的象征。而小筐、箱、容器类，则都是女性性器的象征。信吾梦中的荞麦面的容器，也可以说是象征着女性性器，因此是否可以说，容器中的荞麦面，是男性性器的象征呢？在第二个梦中，相田拎着一升酒的酒瓶，也可以看作男性性器的象征，在这里，荞麦面细长、柔软而卷曲；酒瓶被人拎着而下垂，这可以看作男子“阳痿”的象征。在梦中，信吾和“辰巳屋”家的六个女儿中的一个模模糊糊地交往，“身体也没合在一起，对方也没有反应，错过了时机”。这是性交失败的象征。

[1] 川端康成：《山之青》，《川端康成全集》第12卷，新潮社，1980年，第271页。

总之，第一、第二个梦所象征的是和死的暗影纠缠在一起的“阳痿”和向年轻女性寻求性的拯救的过程，追求“枯杨生稊”的愿望以及这愿望的失败的过程。

第三个梦在第五章“梦之岛”中出现，场所是在松岛。在松荫下的草原。信吾战战兢兢和一个年轻女人拥抱在一起，他们和伙伴们离开，只他们两人来到这里，伙伴们的摩托艇渐渐远去，一个女人站在艇上，不停地挥动着白手帕。信吾像年轻人一样对待这个年轻女人，但这并不是“回春”，也不是过去的事情，事情仿佛就发生在现在，他是一个20多岁的小伙子。

在松树的背景下展开的意象，可以说是“枯杨生稊”的意象的变形。它说明，被现实的道德伦常所压抑的信吾的欲望，开始指向现实中的儿媳菊子。他在梦中所见的松树意象，实际上是现实中的信吾经常在往返电车上看到的形象。他在现实中所看到的松树，是“上半部互相倾倒交合在一起，连树梢都抱拢在一起”的两棵松树。在“鸟之家”这一章中，信吾一边看着这两棵松树，一边追问儿子修一有关他对菊子不忠并引起菊子流产的事，而修一在他的追问下承认了这件事。

在信吾的梦中，松树的意象是以信吾的性与回春为背景出现的，它在信吾的潜意识中与现实中的儿媳菊子的性与流产相连接，象征着信吾的性与回春的愿望是与“乱伦”的意象相连接的。

第四个梦在作品的中心部，第八章“夜之声”中出现。信吾在梦中阅读少男少女的纯爱物语。他在梦中是一个旁观者。他所记得的是十四五岁的少女打胎了，因此她成了“永远的圣少女”。

这个梦的旨趣和前三个梦不同。这以前的梦的主题，是“枯杨生稊”这一回春的欲望以生的延续为前提的性的寄予，象征着流转的生中孕育着无限的时间。而第四个梦的“打胎”所象征的却是生命之延续的切断，通过对非个体的“延续”的切断，获得了个体的“不灭”、永远的生命和所爱的对象的“不变的纯洁”。这些梦中所存在的矛盾，正是《山之音》的内在矛盾，也是川端康成创作的内在矛盾。

第五个梦在第十二章“伤之后”中出现，菊子打胎后到娘家去休养，回到婆家时给信吾带来了一件礼物——美国制电动剃须刀。于是信吾做了一个有关胡子的梦，梦见一个集美国各州、各民族的胡子为一身的男子，这个男子的下巴上长着各种颜色的胡子，美国政府将此指定为天然纪念品，为此这个男子自己也不可以随便刮胡子了。剃刀是和“修整容貌”相联系的，而与“修整容貌”相关联的是社会的伦理、道德和礼貌。信吾和菊子的关系在现实的白昼中，是公公与儿媳的关系，绝不涉及性的关系。而这个剃刀在信吾的心里所隐喻的是白昼中的伦理关系。根据弗洛伊德的《梦的解析》：在梦中，“去势”的意象，往往以秃、断发、拔牙、切颈等现象来象征，而对“去势”的抗议，通常表现为象征阴茎的事物由一变二，或由一变多。

信吾“枯杨生稊”的性的关怀，在无意识的层面指向了儿媳菊子，与此同时，他也背负着内心中伦理、道德的责备，这种责备，在较深的层次上则意味着来自伦理、道德的“去势”。胡子是雄性（男性）的象征，信吾梦中的可以无限伸展下去的胡子，就是对来自伦理、道德的“去势”的抗议。这说明信吾在潜意识之中，正在力图超越他和菊子的公公和儿媳的关系，为他和菊子的性的关系寻找“合法的”根据，于是就出现了美国政府将那个男子的胡子作为天然纪念物的场面。

紧接着这个梦，信吾又做了第六个梦，在第六个梦的世界中，信吾指向菊子的性形态取得了进一步的进展。在梦中，信吾正在摸一个尖尖的下垂的乳房，可是乳房并没有膨胀起来，那个女人非常冷淡，真是索然无味。他不知道这个女人是谁，后来好像变成了儿子修一的朋友的妹妹，她是个处女，还可能是个运动选手。

做了这个梦之后，信吾分析了自己的梦，并开始察觉自己隐藏在潜意识中的欲望：

信吾想起了修一朋友的妹妹，她的胸是丰满而隆起的。在修一娶菊子之前，她和修一有所交往，还谈过几天对象。

“啊！”信吾像被雷击了似的打了个冷战。

梦中的女子难道不是菊子的化身吗？就是在梦中，道德这个东西也毫不怠慢，用修一的朋友的妹妹做了菊子的替身，而且为了隐藏乱伦，逃避责备，用了不如修一朋友的妹妹的冷淡的女人。[1]

第七个梦，在第十四章“蚊之群”中出现。

在梦中，信吾成了年轻的陆军将校，穿着军服，挎着日本刀，腰里别着三支手枪。那把日本刀，是在修一出征时让他带到战场上去的那把家传刀。

信吾正在夜色中的山路上行走，带着一名樵夫。

信吾靠着右侧行走，一团黑色的东西在他的眼前挡住了去路，那是重叠在一起的两三棵大杉树的树干，可是再仔细一看，是一大群蚊子。信吾挥动着日本刀拼命驱赶着蚊子。忽然他回头一看，樵夫连滚带爬地逃走了。信吾的军服上着起了火。不可思议的是，信吾这时变成了两个

[1] 川端康成：《山之音》，《川端康成全集》第12卷，新潮社，1980年，第468页。

人，一个是穿着军服的，满身是火的信吾，另一个是在一边旁观的信吾。

信吾终于走到了自己的家，好像是信州乡下的老家。他也看到了妻子保子的美丽的姐姐。逃跑了的樵夫也终于跑到了他家，他一下子晕倒在地上了。

樵夫的身体里出现了大水桶，那里面全都是蚊子。

可以说，第七个梦是以菊子为对象的“枯杨生稊”的心理倾向的进一步发展。根据弗洛伊德的《梦的解析》，在梦中，所有的武器和工具，都有象征阴茎的意味，如锄头、锤子、长枪、短枪、短刀、军刀等。信吾没有当过兵，服过兵役的是他的儿子修一。可以说，信吾在梦中，正进行着一种弗洛伊德所说的“仿同”的作业。在精神分析学中的“仿同”，就是一种“如同什么什么一样”的无意识倾向，也就是说，歇斯底里的病人和做梦的人，把自己与自己性欲的对象，或与真正和这个对象有性的交涉的人同一化的过程。

信吾在第七个梦中，手执军刀，腰里还别着三支手枪。这是垂老的信吾无意识中“克服阳痿”的愿望的体现。在梦中他更把自己和儿子修一同一化，表现了全面占有菊子的愿望。同时，这个梦也体现了信吾内心深处的“永远”与“流转”，也就是“易”与“不易”的纠葛与相克。正像许多论文所指出的那样，“杉”象征着信吾对“永远”的憧憬；而“蚊子”象征着“无常”与“流转”。在梦的开始的时候，信吾是与“杉”——“永远”相对立的“樵夫（伐倒杉树的人）”的同行者。而当杉树在瞬间变成蚊子时，信吾变成了“无常”与“流转”——蚊子的对立者，他挥动着日本刀拼命驱赶着蚊子。可是，信吾在这时变成了两个人，一个是穿着军服的，满身是火的信吾，另一个是在一边旁观的信吾，而“火”也是和“杉”——“永远”相对立的。最后信吾历尽艰辛，终于到达了他永远的故乡——有保子美丽的姐姐存在的信州。可是这时，象征着与“永远”相对立的樵夫也到达了信州，他身体里出现了大水桶，那里面全都是蚊子，也就是说，“无常”侵入了永远。

最后的梦在第十五章“蛇之卵”中出现，砂原上有两个白色的蛋，一个大的是鸵鸟蛋，还有一个小的是蛇蛋。蛇蛋的外壳已经有点儿裂开了，可爱的小蛇探出头来，活动着蛋壳。

这个梦，可以说是“枯杨生稊”这一无意识中的心理运动最后的总结。在这个梦中，在无意识中和死亡的阴影纠缠在一起的“阳痿”得到了彻底的转换，阳物从生机勃勃的勃起升华至生命的诞生。在第一个梦中，由卷曲的荞麦面和被人拎着而下垂的酒瓶所象征的“阳痿”使信吾与辰巳屋家的一个女儿的性交失败了。在此后的六个梦中，回春的欲望经过不断地更新，在第八个梦中终于出现了“蛇之卵”的意象。根据弗洛伊德的《梦的解析》，蛇是最基本的阴茎的象征。和第一个梦中的荞麦面等相比，探出头来生动地运动着的蛇头，是最鲜明、最有生机的勃起的阴茎的象征。在第一个梦中，辰巳屋家的一个女儿出现，“辰巳”在十二支中与“龙蛇”相对，在经过了6个梦以后，“龙蛇”脱却了闭锁它的僵死的符号“辰巳”，欣然跃动，昂然勃起，托出了湿漉漉的鲜活生命。蛇的意象，也是和菊子相关联的。在“鸟之家”这一章里，有如下的段落：

> 菊子看着信吾笑了。
> “现在又是那条蛇该出来的时候了。”
> “就是去年把菊子吓了一跳的那个黄颔蛇吗？”
> “正是。”
> “那是我们家里的主人呢。”
> ……
> 菊子所说的那条蛇，有后门门扇的两倍那么长，差不多有两米多长，比菊子的手脖子还粗。[1]

[1] 川端康成：《山之音》，《川端康成全集》第12卷，新潮社，1980年，第417—418页。

如果将这篇小说中的种种有关蛇的意象结合起来看，可以说蛇的意象表现了勃起的阴茎和信吾性的对象的“合体”。由于这种“合体”的完成，“枯杨生稊”，蛇卵中诞生了新的生命，在信吾的潜意识中，他将要腐朽的生命正在向新的生命中延伸。

可是，作为性的对象的菊子，在信吾的眼中，也折射出了“永远”之相。苗条、白净的菊子，使信吾想起了保子美丽的姐姐，那是他心目中无时不在思慕的天使之像，是他终生憧憬的“永恒”。可是，“永恒”也意味生命的蒸发并与空无相连。

一方面，在潜意识中，信吾对菊子所显露出的生命的幼稚和未完成态存有不满，他几次注意到自己办公室里的事务员英子的乳房的贫弱，而且英子的形象在信吾的无意识中是和菊子相联系的。如在“蝉之羽”这一章中有如下的段落：

> 英子虽然已经22岁了，可她的乳房只有一巴掌大小，信吾忽然想起了春信[1]的春画。
>
> 可是，一看身边这杂乱的样子，就想起了春信，这确实很有喜剧性，很可笑。

[1] 春信：铃木春信（1725–1770年），日本江户时代浮世绘画家。

"这回我和菊子一起去跳舞吧！"（信吾说）

"真的吗？可一定让我陪您去呀！"（菊子说）[1]

菊子的身体在她丈夫修一看来，是"小孩子的身体"，这话也是信吾从英子那里听来的。与此相对，在信吾的第8个梦中，有一个大鸵鸟蛋，这个意象也许正和修一的情人，粗声粗气，高头大马，胸部高耸的绢子相连。大鸵鸟的意象，与无毛的、光滑的蛇相比，象征着有毛的，更加蓬勃，更加旺盛的生殖力。

在小说中，菊子流产了，这使信吾潜意识中伸向无限的生命的欲望被切断了。

菊子流产后，信吾曾妄想："菊子流产的孩子，自己失去的孙子，也许就是保子的姐姐的投胎转生，也许是在此世难得一生的绝世美女。"[2]在"蛇之卵"这一章中，信吾对菊子说："这一回可一定多多注意……这是修一和菊子的孩子那没错，可也是我们的孙子呀！菊子是一定会

[1] 川端康成：《山之音》，《川端康成全集》第12卷，新潮社，1980年，第279—280页。

[2] 同上，第436页。

生出好孩子的。”[1]

而另一方面，修一的情人绢子不顾修一的反对，一定要生下她和修一的孩子。信吾也感到一种说不出的慰藉：那生出来的孩子是一种俨然的实在，就是自己死了，还有未曾谋面的孙子存在。

综上所述，信吾的八个梦，展示了“大过”、乱伦的“枯杨生稊”的心理隐喻在信吾的潜意识层次中逐渐完成的过程。但在这个过程中，信吾的内心中一直孕育着矛盾。一方面，他希望在变化与流转之中，通过自我生命与异性的交合，使“生”通过子孙延续而获得“永生”；另一方面，尽管他明知不可能，但仍然希望个体生命的“永恒”存在。这篇小说的内在矛盾，也是川端康成创作的两个侧面，同时，这两个侧面所蕴涵的意义，也是《易经》的神髓所在，也就是“易”与“不易”的对立统一。宇宙万物不断变化，人事也是如此，“易”也就是“变易”，是不可避免的。但是，这无时无刻不在变化的大宇宙中也存在着规律，是按照一定的秩序循环往复的，作为一个“小宇宙”的人的运动，被大宇宙的运动所包含，存在于大宇宙的秩序之中，这就是所谓的“不易”，用日本诗人

[1] 川端康成：《山之音》，《川端康成全集》第12卷，新潮社，1980年，第512页。

芭蕉的话来说，就是“不易流行”。从川端康成创作的整体着眼，可以说这种“易”与“不易”贯穿始终。川端创作“易”的一面，就是对活生生的生活的表现与创作方法的不断更新；而“不易”的一面，就是沉潜在他创作底层的他所常说的“东方的歌”，也就是东方古典哲学与古典宗教和文学的本质。

青年时代的川端康成的创作倾向于“易”与“流行”的一面。他在25岁时所写的毕业论文《日本小说史小论》中说：

> “不易”之美，换言之，也就是艺术恒久的本质究竟是什么？这是非常复杂的问题，连芭蕉也是说“不易流行”。没有这个“流行”，换言之，也就是说如果没有艺术的变迁性，所谓的“艺术史”就会僵死，艺术作品就成了冷漠的墓碑，而且新艺术的黄金时代经常在这种变迁中开出花朵。[1]

可是，在昭和二十一年发表在11月号《新潮》上的文章“追悼岛木健作”中，他写道：

[1] 川端康成:《日本小说史小论》，《川端康成全集》第24卷，新潮社，1982年，第254页。

> 我现在深切地感到，我的生涯还没等出发，就已经结束了，孤零零一个人回到了古老的山河中。我作为一个已经死去的人，从今以后，除了哀伤的日本美之外，其他一行字也不想写了。

由此可见，战后川端康成的创作倾向于“不易”。但是如果从川端康成创作的整体着眼，也可以说是“易”与“不易”的完美的统一。在《山之音》中，正体现了这种统一。

如果说，信吾的梦，是他“大过”的乱伦和“枯杨生稊”的心理过程的正面隐喻，那么，小说中的婚姻关系，就是这一心理过程的反证。在信吾的家庭中，存在着三对婚姻关系，但这三对婚姻关系可以说都是失败的。儿子修一和菊子结婚不到两年就有了情人，他的不忠成了菊子流产的最直接的原因，他们所面临的是婚姻的破裂；女儿房子的丈夫相原和一个女招待一起自杀了。信吾认为：“不知是房子把相原逼进了破灭的道路，还是相原把房子带到了不幸之中。那种具有容易把对方逼进破灭道路的性格的人，也就是具有容易被对方带到不幸之中的性格的人。”[1]而信吾自己从和保子结婚那天起，就对妻子悄悄

[1] 川端康成：《山之音》，《川端康成全集》第12卷，新潮社，1980年，第477页。

地感到失望。

在信吾和保子的婚礼宴会上，信吾记得栗子的果实掉在了地上：

栗子的果实正落在庭院中的大石头上，也许因为它正好落在了一个斜面上，它被弹出去了很远，落在了谷河那边。栗子碰在石头上被弹出去的样子非常漂亮。

信吾差点儿“啊！”地叫出声来。他环视了一下四周在座的人。

没有人注意到一颗栗子掉了下来。

第二天早晨，信吾走下谷河那边，他在水边上发现了那颗栗子的果实。

有好几颗栗子落在了这里，并不一定都是在婚礼时落在这里的。信吾把它们拾了起来，他想向保子说这件事。

可是这太小孩子气了。还有，保子还有其他的人，难道会相信这栗子的事吗？

信吾把栗子扔到了河岸的草丛中。

……

栗子的果实落了下来，这是一件微小的事情，但是信吾错过了讲这件事的机会，这个暗影也许留在了以后的夫妻关系的某个地方。[1]

为什么川端康成设置了“栗之实”这一段落，而且将“栗之实”作为很重要的一章的题目呢？如果按照普通的阅读与批评的方法加以研究，那真是百思不解其意。但是正如我们前面所述，根据大宇宙的变化来预知作为“小宇宙”的人的命运的《易经》精神贯穿于《山之音》的始终，我们也许会从《易经》中找到答案。如前所述，小说的题目“山之音”很可能取于《易经》之说，也就是出自于《易经·蛊》中的“山下有风，蛊”这行文字。而“蛊”中，包含着“风吹山下，果实散乱，事物败坏”的意思。“蛊”的上卦为“艮”，为山；下卦为“巽”，为风。据《左传·僖公十五年》记载，在秦国伐晋时，占师父占卦得“蛊”，父说：“……‘蛊’之贞（下卦），风也；其悔（上卦），山也。岁云秋矣，我落其实，而取其材，所以克也。实落、材之，不败，向待？”。[2]

小说中有关“栗之实”的段落，很容易使人想到与

[1] 川端康成：《山之音》，《川端康成全集》第12卷，新潮社，1980年，第300—302页。

[2] 杨伯峻编著：《春秋左传注》（修订本），中华书局，1981年，第354页。

这篇小说有着密切联系的“蛊”卦。但是信吾并不是这个卦象中的胜利者，而是惨败者。信吾的情敌，是保子的姐夫，但是信吾根本不是他的对手。信吾无限热爱的保子美丽的姐姐和保子所爱的对象都是这个男人。在婚礼的宴席上，这个姐夫也在场，信吾感到了一种令人屈辱的压迫感：

> 事实上，姐夫在这个宴席上，是耀眼夺目的美男子。
>
> 信吾感到姐夫所坐的地方，似乎有一个光环。
>
> 在保子看来，姐姐夫妇是理想国里的人儿，而信吾和保子结婚，就决定了他们作为人，根本是无法和姐姐夫妇相比的。
>
> 信吾觉得，姐夫正在高高的地方，冷冷地俯视着他和保子的婚礼。[1]

从自然的征兆——栗子的果实在婚礼中落下这一事情中，信吾感知到了自己完全败于姐夫，婚姻已经失败了；而从象征的角度来说，信吾的爱由于姐夫的存在，像栗子一样滚落了下来，同时，保子也像是从姐夫那里滚落下来

[1] 川端康成：《山之音》，《川端康成全集》第12卷，新潮社，1980年，第302页。

的果实一样，或者说像是被姐夫抛弃的果实一样。信吾拾起了栗子的果实——他和保子结婚了。他又把它扔在了河边的草从中——他从开始爱的就不是保子。由此看来，“山之音”这个小说的题目，不仅包含着死期将近的预兆，也暗示着在现实的爱和婚姻中完全失败，而永远憧憬着彼岸的爱情之梦的东方老年维特的烦恼。

信吾婚姻的失败，在他和保子身上并没有结束。在女儿房子诞生的时候，信吾悄悄地祈念，希望生下像保子的姐姐那样的美人，可是，房子比母亲更愚蠢，更凶暴。信吾经常想，如果他和保子的姐姐结婚，也许不会生出房子这样的女儿。

总之，信吾家的三对婚姻，无论老夫老妻、中年夫妇还是年轻的夫妇，都是失败的婚姻。唯一成功的人间关系，是“老夫”和“女妻”（年轻的妻子），即信吾和菊子在幻想中的爱情。

首先，信吾和菊子有一个感情共有的空间——自然。在作品的所有人物中，经常和自然保持着密切交感的，只有信吾和菊子。能使信吾心旷神怡的自然之美，对菊子来说具有同样的意义。公孙树的秋芽上，凝结着信吾和菊子共同的感叹；淡月下枇杷的新绿周围，回荡着他们共同的喜悦，以自然为媒介的信吾和菊子的交往，像水一样淡泊，也像水一样意味深长，他们是美的共有者。

《山之音》情节的展开，除了梦、人间关系、自然序列之外，还有一个重要的方面，就是新闻报道。如果说，信吾的梦是信吾无意识中隐藏的“枯杨生稊”的心理欲望的正面隐喻，信吾家的三对婚姻关系，是这种心理欲望的反面隐喻的话，小说中的新闻报道就是一个既包括“正面证明”又包括“反证”的“合证”，三者完成了“正反合”的完整的、潜在的小说内在的逻辑过程。比如说，有关相原和女招待自杀的新闻报道，可以说是一个“反证”，而有关古莲的新闻报道，则是有关“枯杨生稊”的最直接、最有力的“正面证明”。

在“蛇的卵”中有如下的段落：

> 在弥生式的古代遗迹中，发现大约两千多年以前的莲子。莲子博士让这个莲子发出了芽，并已开出了花。这事情在以前的报纸上已经登载出来了。信吾曾把这张报纸拿到菊子的房间给她看了。当时菊子刚刚流过产，正躺着呢。
>
> 这以后，有关莲子的报道又出现了两次。其一是莲子博士把莲根分开，栽到了母校东京大学的“三四郎”池中。再有一个报道讲的是发生在美国的事，东北大学的某博士在满洲的泥炭层中发现了已变成了化石的莲子。博士把莲子送到了美国，在华盛顿国家

公园里，剥去了这个莲子硬化的外壳，用湿脱脂棉包住，放在了玻璃器皿中，去年长出了可爱的新芽。

今年被移种在了池子里，结了两个蓓蕾，还开出了薄红的花朵。公园科说：这是千年以前，乃至五万年前的种子。[1]

在《山之音》中共有九条新闻报道，有关古莲的报道大约占了三分之一的分量。古莲发芽开花的意象，正是"枯杨生稊"的意象不断展开的实证。

三、"大过"卦卦相结构与《山之音》的人物结构

《山之音》中经常使用的数字是"六"与"八"。菊子是八个兄弟姐妹中的最小的一个；辰巳屋家有6个女儿；信吾的梦有八个，这也容易使人联想到《易经》。

《易经》的基本卦相是八个，即乾、坤、震、巽、坎、离、艮、兑，并从这八个基本卦演变出六十四卦。卦是由阳爻"—"阴爻"– –"两种类型的爻构成的，一

[1] 川端康成：《山之音》，《川端康成全集》第12卷，新潮社，1980年，第509—510页。

个卦中有六爻。上方的三爻称为“上卦”或“外卦”；下方的三爻称为“下卦”或“内卦”。《易经》的八卦都和一定的自然、人事相对应，如前述的“大过”卦，上卦为“兑”，下卦为“巽”，兑卦所对应的自然是“泽”，“巽”所对应的自然是“风”和“木”。同时，兑卦所对应的人事为“少女”；“巽”所对应的人事为“长女”。

《山之音》的内在构造，可以说是以信吾为中心的回春与爱情的故事，这个故事的展开，是在以保子美丽的姐姐和菊子为两极的动力场中，在信吾内心的矛盾、死与性、流转与永生、背德与热爱的张力中动态地展开的。保子美丽的姐姐代表着爱情的理想一极，由于这理想一极的存在，信吾追求永远的、纯粹的爱的彼岸性；菊子的一极代表着爱情的现实性，菊子的存在，是信吾追求爱情的可行性和此岸性。可是，随着小说的展开，这两极逐渐向合一的方向移动，并不断地重叠。而在这种重叠中，我们似乎可以看到以“长女”为代表的“巽”与以“少女”为代表的“兑”相重叠，生成“大过”卦相的隐约结构。

保子美丽的姐姐是长女，在“栗的实”中有如下段落：

父亲想让保子继承家业，才把姐姐嫁了出去。这对于喜欢姐姐的父亲来说，似乎有悖于他的情感，这也可能是因为姐姐觉得保子可怜，恳求爸爸这样做的。

可是，姐姐死了之后，父亲看到保子跑到姐姐的婆家去料理家务，想接姐姐的班，大概很绝望吧？父亲大概也许心里悔恨：认为保子如此执意要去接姐姐的班，父母和家里也都有责任。

信吾和保子结婚，使父亲显得很高兴。

父亲好像是下决心在没有继承人的情况下，了此残生。

把保子嫁过来时，父亲的年龄应该是比信吾现在还大。

保子的母亲先死，在她父亲死时，田产已经卖得一干二净，只留下一点儿山林和房产宅地，连细软古董什么的也没有留下。

留下的一点儿房产等虽然落在了房子的名下，但是后来就全都交给了乡下的亲戚管理了。[1]

从上面的文章可以看出，保子的姐姐死了，保子再一出嫁，保子的父亲就再也没有继承人了，而且父亲死后，留下一点儿房产宅地就都记在了保子的名下，因此可知，

[1] 川端康成：《山之音》，《川端康成全集》第12卷，新潮社，1980年，第300页。

父亲只有他们两个孩子，保子的姐姐是长女。

菊子是她家中最小的孩子，在《易经》中，“少女”的意思不是“年轻的女性”，而是“最小的女孩”的意思。《易经·说卦》曰：

> 乾，天也，故称乎父；坤，地也，故称乎母。震一索而得男，故谓之长男；巽一索而得女，故谓之长女。坎再索而得男，故谓之中男；离再索而得女，故谓之中女。艮再索而得男，故谓之少男；兑再索而得女，故谓之少女。[1]

由此可见，在《易经》中，“少女”的意思不是“年轻的女性”，而是“最小的女孩”的意思。

在《山之音》所引用的新闻报道中，有一个意味深长的词语的改变，更使人容易把《山之音》的创作与《易经》联系起来考虑。在“梦之声”这一章中，信吾做了圣少女堕胎的梦，这个梦的诱因，除了菊子的堕胎之外，新闻报道也是诱因之一。根据日本研究者武田胜彦的调查，这段新闻报道原取自1952年1月22日的《每日新闻》，这段报道中有如下的段落：

---

[1] 周振甫译注：《易经译注》，中华书局，1991年，第283—284页。

> 青森市某高中二年级学生乙子（17岁），和班里的男同学共结未来之好，去年夏天怀孕了。双方的父母为此感到十分惊讶，说他们还在学习，让乙子堕胎了。而当事的男孩子说："我们并非只是游戏，最近就要结婚。"[1]

关于这个新闻报道，在《山之音》里是这样被引用的：

> 青森的高中二年级学生，17岁，和班里的男同学共结未来之好，去年夏天怀孕了。双方的父母说他们还是少年少女，让其堕胎了。而当事的少年说："我们并非游戏，最近就要结婚。"[2]

在《山之音》中，将原来的报道中的"男孩子"改成"少年"，将"乙子"变成了"少女"，这种改变是意味深长的，这更使人联想到《易经》，让人感到是在用《易经》中的"少女"之意——最小的女孩，隐喻作品中的人物菊子。

---

[1] 川端康成研究会编：《风韵的相克》，教育出版中心，1979年出版，第92页。

[2] 川端康成：《山之音》，《川端康成全集》第12卷，新潮社，1980年，第383页。

在代表长女的保子美丽的姐姐的形象和代表少女的菊子的形象不断向合一的方向行进的隐喻中，还有一个重要的意象变化，就是颜色的变化。

在作品的开始的部分，烘托着菊子的色调主要是白色。

在表现菊子“色”的意象时，作者首先让她的连衣裙登场，他在“山之音”这一章的第二节中写道：

菊子的连衣裙在木板套窗的外面垂挂着，是让人有一种松弛无力的感觉的令人生厌的暗白色。[1]

在“山之音”的第四节中：

身材苗条皮肤白皙的菊子使信吾想起保子的姐姐。[2]

在第六章“冬之樱”的第三节中：

信吾的脑海里，浮现出在家里排行老幺的菊子那

---

[1] 川端康成：《山之音》，《川端康成全集》第12卷，新潮社，1980年，第247页。

[2] 同上，第256页。

苗条的身材和白皙而显得幼稚的脸。[1]

但是从第四章“朝之水”里，菊子出鼻血，血滴滴答答地落在了脸盆上，从这章开始，红色的色调渐渐从菊子的身上渗出，但是围绕着她的色彩环境，还是白色较多，比如在这一章的末尾处：

“这是枇杷的新芽。薄月之下，在井前朦朦胧胧看到一些发白的东西，我想：这是什么东西呀？原来是枇杷的新芽长大了。”[2]

在第十二章“伤的后”的第二节中写道：

在菊子血色淡薄的脸上，只有两颊有些薄红，眼睛喜气洋洋地闪烁着。[3]

---

[1] 川端康成：《山之音》，《川端康成全集》第12卷，新潮社，1980年，第354页。

[2] 同上，第375页。

[3] 同上，第464页。

在第十五章“蛇之卵”的第二节中：

> 菊子穿着白毛衣，穿着袜子在饭厅里等着，脸上带着薄红，显得生机勃勃。[1]

在最后一章“秋之鱼”中，围绕在菊子身边的红色意象也在逐渐变强：

> 在菊子手中的藤蔓上，挂着三个王瓜。里山藤上的王瓜已经着色了，信吾每天早晨洗脸的时候，都在芒草的上边看到这瓜。回到客厅看到菊子手中的王瓜，更是红得耀眼。望着那瓜，菊子也进入了眼帘：从下巴到脖子的曲线，有一种说不出的洗练之美，这美似乎不可能在一代人身上形成，这是经历了好几代的血统才造就的美。信吾忽然有些悲伤了。[2]

与菊子的色调相对，保子美丽的姐姐的色调，在前半

[1] 川端康成：《山之音》，《川端康成全集》第12卷，新潮社，1980年，第514页。

[2] 同上，第533页。

部分是红色的。

在第三章“云之炎”的第二节中：

> 在乡下的镇子里，保子的父亲热衷于盆景，而且特别喜欢红叶盆景。保子的姐姐经常帮助父亲培育盆景。
>
> 在暴风雨呼啸的日子里，躺在睡铺上的信吾想起了站在盆景棚里的那个人。……
>
> 现在，泛浮在信吾头脑中的无尽的枫的红叶，是放在了保子家佛堂里的那些盆景。[1]

可是，从第九章“春之钟”开始，白色渐渐渗透到了保子的姐姐的意象中：

> 在盆景大棚里积满了白雪的早晨，留着朴素的河童头型，穿着红色元禄袖，正在打扫花盆上雪的保子姐姐的形象，至今仍然历历在目，清纯而楚楚动人。信州是那样的寒冷，她的呼吸是白色的。[2]

---

[1] 川端康成：《山之音》，《川端康成全集》第12卷，新潮社，1980年，第288页。

[2] 同上，第404页。

在最后一章“秋之鱼”中，信吾忘记了领带的系法，保子和菊子一起帮信吾。

> 信吾的头不得不向后仰，也许是由于后头部受到了压迫，突然有些神志昏迷，刹那间，他的眼帘里闪烁着金色的雪烟。那是巨大的雪崩在夕阳下的色彩，他似乎听见了那“轰轰”的巨响。
>
> “是不是脑溢血了呀？”信吾吃了一惊，睁开了眼睛。菊子屏住呼吸，凝视着保子的手势。
>
> 这是过去信吾在故乡的山上看到的雪崩的幻象。
>
> “这样可以了吗？”保子为信吾系好了领带，并弄好了领带的形状。
>
> 信吾用手去摸一下领带结，触到了保子的手指。
>
> “啊！”保子想起来了，在他大学毕业后第一次穿西服时，给他系领带的正是保子美丽的姐姐。[1]

雪是白的，夕阳是红的，雪烟在夕阳的照射下，变成金色，红色与白色融和出现了金色。

在小说开始时，菊子和保子美丽的姐姐的色调是对立

[1] 川端康成：《山之音》，《川端康成全集》第12卷，新潮社，1980年，第521—522页。

的，随着作品的展开，色彩相互流动，最后达到了融合。色的融合，也暗示着菊子和保子美丽的姐姐所代表的意象的融合，同时，也似乎是通过代表少女的兑卦和代表长女的巽卦的融合，暗示着构成作品的内在深层结构的“大过”卦的合成。

川端康成自幼受《易经》熏陶，这是毫无疑问的事实。日本评论家濑沼茂树也曾在“川端康成论”这篇文章中指出：

承受了以医为业的虚弱父亲的体质，不足月就生了出来的川端康成是多愁善感的。正像我们在《十六岁的日记》中所看到的那样，他是在半盲的祖父膝下长大的，他深受祖父的易学、宅相学或黄檗宗的影响是理所当然的[1]，而在《山之音》的写作时间是1949年到1954年之间，正好是在川端康成和吴清源密切交往的时候，也正是他对吴清源进行访谈、“读了一些中国古代的天文、历法、易学和思想方面的书”的时期。

川端康成自身也说他“受祖父的影响最多”，而且在那个时期钻研易学，他参照《易经》营造小说《山之音》的结构，也不是不可思议的。而且《易经》以其内在的神

[1] 《川端康成》，载《日本文学研究资料丛书》，有精堂，1973年，第24页。

秘的构造，与大宇宙——自然内在的规律相合；同时也和小宇宙——人的深层心理规律相合，而精通东方哲学与宗教的川端康成，很可能在自己精微的创作中，悟到《易经》中所蕴含的宇宙与人类心理的深层机微，把《易经》中所包含的宇宙深层规律融入自己的作品结构中，那么他究竟是非常有意识地将《易经》的奥义设置在自己的作品中的呢？还是无意中将自己耳熟能详的《易经》所包含的哲学融入自己的作品中的呢？则有待于进一步的探讨。

四、易与佛教的接点—宇宙无意识

在《山之音》中，信吾在心中暗暗向往着“枯杨生稊”般的还童，而周围的自然中，也有“枯杨生稊”的现象出现，但是信吾内心深处的矛盾并没有得到真正的解决。一方面，自然中的生命不断表现着回春的崭新生机，如秋天的公孙树吐出新绿，千年以前的莲籽发出新芽，开出鲜花，但另一方面，人间的个体生命却不可避免地一个一个地死去，信吾所参加的告别式接连不断，信吾的老友们，如鸟山、水田、北本、患肝癌的友人相继死去。

在“朝之水”这一章中，描写了北本生前执著于回春的悲剧。北本为了“还童”，拼命地拔自己的白发：

"……为了不把黑头发一起拔出来，他照准白发一根一根全神贯注地拔，拔的时候并没感到痛。可是医生说：这么个拔法把头皮都抻了起来，用手一碰就会痛的。虽然没有出血，但是没头发的地方一片红肿，最后他被送到了精神病院里去了。听说剩下的一点儿头发，也让他在精神病院里拔光了，真是可怕，可怕的偏执，不想变成老糊涂虫，想要还童。不知是疯了之后才开始拔白头发的，还是因为白头发拔得太多，才发了疯的。"

"可是，不是出现了转机了吗？"

"确实是这样，发生奇迹了，在光秃秃的脑袋上，一绺一绺的黑头发长了出来了。"

……

"可是，北本不是死了吗？虽然发生了你所说的奇迹，也就是所谓的长出了黑头发，好像是还童了。"[1]

这样，《山之音》虽然不断地描写着回春的个别现象，但也终于提示了回春的不可能性。自然界中确实存在

[1] 川端康成：《山之音》，《川端康成全集》第12卷，新潮社，1980年，第360—362页。

着回春的现象，可是人类对回春的偏执，却只能以悲剧告终。《易经》虽然肯定了“枯杨生稊”的生命哲学，但在最后的一爻“上六”中，也提示了过度的妄执的悲剧——“过涉灭顶，凶无咎”。信吾在梦、自然、社会三界中徘徊，并为这种生与死的悖论而烦恼。但这些烦恼和矛盾，随着小说情节的展开，不断向解决的方向演进，解决的途径是信吾对“无心”的不断体认和感悟。

在《山之音》中，有许多艺术作品登场，如电影《勘进账》、慈童、喝食的假面、与谢野晶子的歌碑、黑百合插花、良宽的额匾、宗达和良宽的绘画等等。这些艺术作品的出现有一个显著的特点，那就在主人公的视角下的艺术与现实的互相渗透，如在“梦之岛”这一章中，有信吾看到母狗“特鲁”把它的小狗全都带出来晒太阳的场面：

那小狗从三尺多高的地方落了下来，使信吾吃了一惊，可那小狗什么事也没有，站了起来，站在那里发了一会儿呆，又走来走去闻土去了。

“真奇怪呀！”信吾想。明明是第一次看到这个小狗，怎么会有如此强烈的似曾相识的感觉呢？信吾想来想去，想了好半天。

“对了！是宗达的画。”信吾嘟囔着。

“真了不起呀！”信吾只是看过一眼宗达所画

的水墨画的写真版，当时信吾觉得那画画的是模式化的玩具一样的小狗。信吾现在感到，原来这画是活生生的现实的写生，那画和眼前的小黑狗简直一模一样，只是加上了画家的品格和优雅。信吾为此惊讶不已。[1]

在“伤之后”这一章里，信吾在朋友的家中，想起了渡边华山的水墨画。那水墨画画的是站在枯木顶端的乌鸦凌风傲雨，等待天明。他想：在风雨交加的今夜，那乌鸦的画，也还挂在友人的客厅里吧？而家里的鸢和乌鸦今晚上还好吗？

《山之音》中最意味深长的艺术与现实相互交融的场面是菊子戴上慈童假面的场面。在“春之钟”一章中有如下的场面：

菊子戴上了慈童的假面。

“这个纽是在后面系的吗？”

在假面的后面，菊子的眸子一定在凝视着信吾。

“你要让它动一下，不动出不来表情的。”

---

[1] 川端康成：《山之音》，《川端康成全集》第12卷，新潮社，1980年，第336—337页。

在买回这个假面那天，信吾差一点去吻假面那茜色的，令人怜爱的嘴唇，他感到了一种“天之邪恋”的悸动。

“纵成木楔，心花犹在。”他觉得这话在谣曲中见过。

菊子活动着戴着美艳的少年假面的脸，信吾有些看不下去了。

菊子的脸很小，因此连下巴尖都几乎被假面遮住了，而从这若隐若现的下巴上，正有两三行泪水向咽喉处不断地流去。[1]

慈童的假面，在现存的二百数十出谣曲中，只在“枕慈童”这一出中才使用，古时的别称也叫“骊县山”，只在观世流中被称为“菊慈童”。“枕慈童”这出谣曲讲的是周穆王的宠童慈童因误跨穆王之枕被流放到骊县山，穆王怜之，送其两句诗偈。宠童吟此诗偈，在菊花叶的背后，随声涌出甘露来，宠童饮之，寿达七百。有关这个故事，《太平记》卷十三“龙马进奏事”和《和汉朗咏集》“秋”的“九月付菊”所收诗句的注中有同样内容的

[1]《山之音》，川端康成《川端康成全集》第12卷，新潮社，1980年，第413—414页。

记载，可能都出自同一传说。在《山之音》所表现的隐喻中，“菊子”和“菊慈童”具有同一性。在汉语的原意中，“子”和“童”意义相通，小说中描写了菊子的身体是“孩子的身体”，她还在长个儿，所她具有“子”和“童”的性质，而且在信吾看来，菊子的泪水和菊花叶背后涌出的甘露也许具有同一性。在这种现实与艺术的互相渗透中，信吾在活生生地曳动的现实的“瞬间”和优秀的艺术所蕴含的永恒中发现了同一性。然而这现实和永恒的神秘接点究竟是什么呢？随着小说的展开，信吾悟到了它的所在，体会到了“无心”的实存。

“无心”是东方宗教与哲学中的独特心理体验，是从意识、恐怖、欲望等种种压抑状态中解放出来的一种精神状态，是“个我”融入宇宙精神，从被动的自为到主动的自在的心理过程。用川端康成的话来说，就是“来往于万有自在的‘空’，无边无涯，无尽藏的心灵的宇宙”。《法鼓经》云：“昔日迷时留有心，今日悟罢了无心。”陶渊明云：“云无心而出岫，鸟倦飞而知还。”都是围绕“无心”的表现。

在《山之音》的“鸟之家”这一章中有如下的段落：

去年和前年都是这样的，信吾从梦中醒来，一听到鸢的叫声，就感到了爱怜之情。

不仅信吾自己，“我们家里的鸢”这句话已是整个家庭里的通用语。

可是，连这鸢究竟是一只还是两只，信吾都不知道。不知是从什么时候开始，好像看到过有两只鸢在房上相伴飞舞。

这同样的鸢的声音究竟持续了多少年了？不得而知，它们没有换代吗？也许就是在不知不觉间，老的鸢死掉了，而新的鸢仍在鸣叫。

信吾今天早晨头一次这样想。

信吾他们并不知道老鸢去年死掉了，而今年鸣叫的是新鸢，他们总是感到那是一只鸢，在梦与现实的半寐半醒之间听着它的鸣叫，这是非常有趣的事。

在镰仓有许多小山，而这鸢偏偏选择信吾家的里山，这也是不可思议的。

“难遇者今天得遇，难闻者今天得闻”，有关鸢也是这样吧？[1]

信吾家房上的鸢在不知不觉间换了代，而鸢自身并没有换代的自我意识，鸢的叫声年复一年，鸢以它永远的鸢

[1] 川端康成：《山之音》，《川端康成全集》第12卷，新潮社，1980年，第419—420页。

的生命形式与内容存在着，生存就是永远的生命。鸢的生与死的界线，无论在信吾他们的心中还是在鸢的自身，都与“无”同然，这也就是“无心”的极致。

上文引用的“难遇者今天得遇，难闻者今天得闻”那句话引自谣曲《西行樱》，《西行樱》中还有如下的文章：

> 依依惜别的夜的游乐，惜者为：难逢者，时；难遇者，友。正是春宵一夜值千金，花底清香月下阴。[1]

《西行樱》这一谣曲的主题也与“无心”相关。在《西行樱》中，作为配角的诗人西行咏道：“人群来临，新樱有咎。”对此，主角樱之精说：“你将这看成可忧之世也罢，看作大山也罢，这只是人心使然，非情无心的草木、花朵并无忧世之咎。”[2]

在《西行樱》还有如下的段落：

---

[1] 小山弘元、佐藤健一郎译注：《新编日本文学全集·谣曲集（1）》第58卷，小学馆，1997年，第497页。

[2] 同上，第494页。

> 无心的草木也把花实之季全都忘掉了吧？此乃草木国土皆成佛之法。[1]

日本评论家北川荣一在《〈西行樱〉与能乐》这篇文章里在论述前文所引用的“难遇者今天得遇，难闻者今天得闻”这句话和《西行樱》原文的关系时指出：

> 真是依依惜别的夜间的游乐，所惜者，好机会难邂逅，挚友难逢。这句话中所蕴含的意义也和川端康成所喜欢的“邂逅”之心有某种相通之处。[2]

信吾之所以像对待难遇的朋友一样珍重他与鸢的邂逅，是因为“邂逅”之中含有“无心”的意味，邂逅是无利害、无设计的偶然的相会，也是“无心”与“难得”的相会。

在《山之音》的“春之钟”和“都之苑”中，曾言及良宽的“天上大风”这一横匾，如果我们去掉“天上大

[1] 小山弘元、佐藤健一郎译注：《新编日本文学全集·谣曲集（1）》第58卷，小学馆，1997年，第495页。

[2] 川端康成研究会编：《川端文学的视界》，年报1986—1987，教育出版中心新社，第53—54页。

风”的虚词而保留其实词，则为“天风”，而“天风”为《易经·姤卦》之卦象，“姤卦”曰：“象曰：天下有风，姤。”而在《易经》中，“姤”的意思，就是“邂逅”。

正像我们在前面所提到的那样，“风”和“音”的意思是可以互相注释的，也就是说“风”和“音”在意义上是有相互重叠的部分的。

而在《山之音》的最后一章“秋之鱼”中，信吾也把和鸢邂逅的“无心”的心境，向原本是无意识中的性的对象菊子移行：

> “菊子是自由的，难道修一没有向你说吗？”
>
> “没有哇！”菊子抬起了诧异的眼睛说：“自由？”
>
> “是呀，我也问过修一，说自己的老婆是自由的，你这是什么意思……可是仔细一考虑，这意思可能就是：让菊子从我这里获得更多的自由，让我也给菊子更多的自由。”
>
> “所谓的‘我’，是指爸爸吗？”
>
> “是的，菊子是自由的，修一让我对菊子这样说。”
>
> 这时，天发出声音，信吾觉得自己的确听到了天声。[1]

[1] 川端康成：《山之音》，《川端康成全集》第12卷，新潮社，1980年，第537页。

从这段对话中，我们可以看到《山之音》和“姤”卦的某种联系.

在《山之音》里出现的艺术作品中，还有和《易经》相联系的东西，我们再来看一下菊子戴慈童假面的一段。

在《枕慈童》这出谣曲中，并没有直接提及《易经》，在中国的典籍中，也看不到有关慈童的传说。在《史记·卷四·周本记》之中，虽然有关于周穆王的记载，但却全然没有关于慈童的记载。清代大学者俞樾在他的《茶香室丛钞·卷二》中虽言及过慈童，但却是从日本人守屋元泰的《东阳集·题枕慈童画序》中引用的：

> 世传慈童事周穆王，有宠，尝误越王枕，王放诸骊县山中。私悯焉，临去，授之法语，曰：“朝朝诵之，可为周身之防。”慈童恐遗忘，题诸菊叶。既而有露，涔涔滴于溪流，慈童饮之，极甘美，遂为仙。下流之民三百余家，饮者悉得上寿。

俞樾云：

> 此事不知出何书，中国人但知骊县甘谷事，不知有慈童也。是真异闻矣。岂周秦间相承有此说，由徐

福辈传至彼乎。[1]

虽然在中国的古典中不见有关慈童的传说，但是信吾看到了戴着慈童假面的菊子，立刻想起了如下的谣曲的词：“纵成木楔，心花犹在”，这句词出自谣曲《卒都婆小町》，而在《易经·大过》卦中，也有与此相近的意象：“象曰：泽灭木，大过。君子以独立不惧，遁世无闷。”

《易经·大过》卦中的话和谣曲中的词在这里都是在赞美命运虽成“灭木”，但仍保持着内心的沉着和优雅的“无心”的精神。

总之，在《山之音》中，主人公信吾为了追求“返童”与“回春”，徘徊于自然、社会与梦的三界，同时又在自然、艺术与人生的交感中受到“无心”的精神启示，最后，他终于在内心摆脱了对“小我”的性与生命的执著，踏进了与“无心”相联系的最广大的生的世界。在最后一章“秋之鱼”中有如下的段落：

“过去在乡下的时候，在保子的姐姐的提议下，

[1] 袁珂：《中国神话传说词典》，上海辞书出版社，1985年，第400页。

我们还吟过俳句呢，用秋香鱼了，顺流而下的香鱼了，锈香鱼了之类的东西做季语。”信吾说话了，他突然看了一下保子的脸，继续说道：

“就是那些产了卵，精疲力竭，瘦弱不堪，摇摇晃晃顺流而下的香鱼呀！”

“就像我似的。”房子毫不容空地说：“本来开始我并不像香鱼那样惨。”

信吾像没听见她说话似地继续说道：

“‘此身任流水，秋日苦香鱼。’‘不知死将近，香鱼下深海。’过去曾有过这样的俳句。这好像是在说我一个样。”[1]

在这里，信吾试图通过进入香鱼那样的“卵”的世界，进入向着未来无限循环往复的世界，同时他也力图进入香鱼般的，或者说是鸢一样的“不知死将近”的“无心”的世界。无心就是流转，无心就是永恒，无心是“易”，无心也是“不易”。信吾接近了“无心”的世界，也接近了《易经》的整体精神。所谓《易经》的整体精神，就是在最后一章信吾对保子所说的：“尽人事，待

[1] 川端康成：《山之音》，《川端康成全集》第12卷，新潮社，1980年，第538—539页

天命”[1]的世界——“与天地相似，故不违。知周乎万物而道济天下，故不过。旁行而不流，乐天知命，故不忧。安土敦乎人，故能爱。”[2]

《易经》的整体精神就是“无心”——“《易》无私也，无邪也。寂然不动，感而遂通天下故。”[3]

这样，信吾就从弗洛伊德的“个体无意识”到达了东方文化的神髓“宇宙无意识”，而所谓“宇宙无意识”就是：

以最初始意义而言的意志，比智力更多基本，因为它是存在于一切存在物的根基中的原理，并且是它，把所有的存在物结合为一。岩石在它所在之处——这是它的意志；江河泊流——这是它的意志；植物生长——这是它的意志；鸟雀飞跃——这是它的意志；人类说话——这是它的意志。四季变迁，天降雨雪，大地有时震动，波涛滚动，星辰闪耀——各随它们的意志。存在就是意识，也因之即是成为

[1] 川端康成：《山之音》，《川端康成全集》第12卷，新潮社，1980年，第535页。

[2] 周振甫译注：《易经译注》，中华书局，1991年，第233页。

[3] 同上，第244页。

（to be is to will and so is become）。在这个宇宙中没有任何东西没有其意志的。所有的意志由之流出——而无限变化——的大意志，乃至我所称之为“宇宙（或本体）无意识”，那是无限可能性的零位贮藏所（zero-reservoir），如此，“无”，由于在意识的感受层次所产生的作用，而与无意识相连。[1]

[1] 铃木大拙、佛洛姆：《禅与心理分析》，孟祥森译，中国民间文艺出版社，1986年，第90页。

第六章

《构宅安危论——地理宅相辩》

川端义山（川端三八郎） 口述

自乐 记录

张石 译注

房顶部

雀瓦[①]这种瓦俗家不用为吉。葺留也就是所谓的兽头瓦[②]，下面做成波浪形以包含防火的意思。瓦房的房顶呈向上翘的形状，意味着房顶以阴包阳。椽子头伸长是召阳之相，角度陡的房顶为阳相；角度缓的房顶为阴相，不论是茅草葺顶、芦苇葺顶还是麦杆葺顶，都是一样。

俗人家的房顶角度陡是不昌盛之相。

大房顶和下面的小房顶之间的距离太大是不昌盛之相。

下屋房子的房檐深或者低是昌盛之相，房子的中心低矮为大吉相，从事商业的人家要像房子的形状那样，谦虚谨慎，则大吉，客人自然会增加。

大房顶腰高过高，下屋的房顶也高，则妻子在家里掌握权力，地位提高，就会失去周围的人们的尊敬，这样的人家就会渐渐衰落下去。

房顶的装饰过于华丽，这样的人家很难繁荣。

歇山顶[③]建筑的瓦房房顶是贵人宅相，俗人家要是用歇山顶建筑的瓦房房顶则难符其位，反而不得繁荣。

人字形结构屋顶[④]筑物的檩子如果伸得较长，妻子主内安分守己，为吉相。

大房顶如果是平的，为阳；如果是人字形的，为阴。

歇山顶建筑是堂宫或贵人高位的房顶建筑，阳多阴少，民间的房子如此建造则难符其位，凶。

“东妻屋顶”、四面坡屋顶都称为，都被称为“寄栋”[⑤]、属阳不属阴，这种房子难以长期存续下去，会很快坏灭。

如果房子很小，连仓库都是四面坡房顶，则很不理想，如果采用“錣屋根造”[⑥]，就没有什么问题。如果房檐伸出并下垂，就不会出现什么问题，“錣屋根造”样式，就是四个方位带有兽头瓦的房顶。

房顶如果是一个平面作为表里，就形成了前面和后面，一面椽子的长度为两间[⑦]半或按其比例尺伸缩缩成一间或半间，那就一定偏向栋梁的后面，因为歪斜，是表里阴阳不调之相，要尽量避免造这样阴阳不协调的房顶。造这样阴阳不协调的房顶，难以夫唱妇随，是出寡妇的宅相，阳相过强则女子不生；阴相过强则男子不生，因此，没有偏颇的房顶为吉相。

房顶两面如果一长一短，长的一面为阳；短的一面为阴，造仓库时用一面低而长的房顶，夫妻住在一起时难以和睦相处，是出寡妇的宅相。低而长的一面向南则男强；向北则女强；向东则男强；向西则女强。如上所述偏阴或偏阳，人心就会偏执，难以在社会上有出息。

①雀瓦：在栋梁或角栋的两边突出来的瓦。

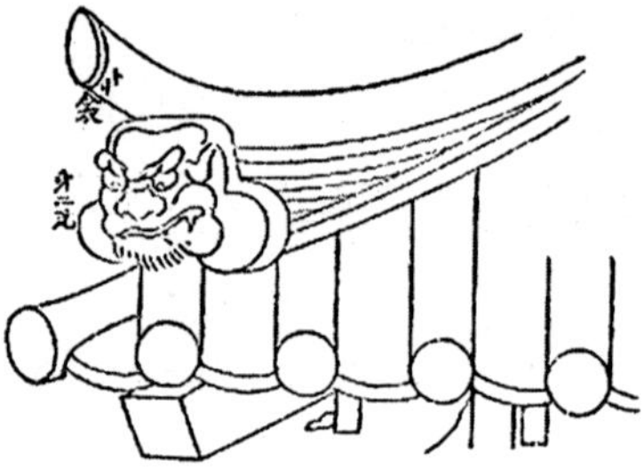

乌 衾

②兽头瓦：屋脊两端的鱼形装饰。取形于头部似龙，背鳍锐利的幻想生物。城堡建筑中多用作避火符咒。

《构宅安危论》原图

③歇山顶：即歇山式屋顶，宋朝称九脊殿、曹殿或厦两头造，清朝改今称，又名九脊顶。为中国古建筑屋顶样式之一，在规格上仅次于庑殿顶。歇山顶亦有传入东亚其他地区，日本称为“入母屋造”，北京天安门就是歇山顶造。

④人字形房顶：两面坡的房顶，日本称为“切妻屋顶”。

⑤寄栋：四面坡的屋顶。

⑥錣屋根造：虽是四面坡房顶，但是上面四面坡和下面的四面坡不是在一个斜面上。

⑦一间等于1.81818182米。

堂宫房顶部

本堂之栋兽头瓦上安装有鱼状装饰物[1]，是司水的镇火之法，在人字形屋顶下面的三角形山墙的顶端挂有悬鱼，也是镇火的水相之法。

在人字形屋顶下面的三角形山墙的装饰物纵横组合，是古代的花纹组成方式，是民间不可用的凶相。

房顶的坡度较陡，而且房檐上翘，是接受天之阳气的姿态，因为是一种山岳的姿态，房顶下部的兽头瓦作成狮子形状或青草形状，或在三角形山墙用装饰花纹表现深山的状态，并起“某山”“某院”“某寺”的名字，则呈清静的贵人之相，这样的宅相会受到很高的评价。

在房檐的椽子长长地伸出来超过三角形山墙的顶端处，是度济众生之相，为众望所归之相，这一点是应该认识到的。

本堂的房顶低而平，是平稳、永远存续之相。以高高的双重房顶追求繁荣、昌盛，反而内部穷困，看一看寺庙本山的建筑，就可以充分理解这一点。

寺庙本山将伸出的椽子缩得很短，而大房顶和小房顶之间的距离很大，就很难聚集人气，参拜的人就会很少。

寺庙僧侣居住的场所之栋的房顶栋梁之处建了烟囱，会泄漏内部的阳气，为凶相。民间也是同样，忌在房屋之最顶端建烟囱。如果在房顶上开天窗，榻榻米的上边被打开，财宝向天上飞散，是渐渐衰落下去的穷相。在无论如何也要开个天窗的时候，就在铺地板的房间或在土地的房间上面开，这是吉相。

从天窗上照进来的日光照在每天吃饭的地方，家里会发生突发的乱子，引起烦恼。

在表鬼门（东北）方位开天窗，是男子之祟。

在里鬼门（西南）方位开天窗，是女子之祟。

在辰巳（东南）的方位开天窗，是世间交际之祟。

在戌亥（西北）的方位开天窗，是财宝之祟，会丢东西，失财物。

在南面开天窗是眼之祟。

在北面开天窗有淫事为祟。

在东面开天窗是长男之祟。

在西面开天窗是女子之祟。故天窗应该开在十干（天干地支的干）的方位。但是如果因为开在十干的位置，使阳光正照吃饭的地方，则凶。另外，太阳光照在炉灶的火口，起脑病，心里混乱。

府厅、政府机关或是公司那样的白天有人，晚上退出的地方的房顶，寄栋（向四倾斜）和四方形都没有什么不好。

建造房子本宅大房顶，或者下一级的客厅的房顶的时候，本宅之栋上面必须铺稻草，下面相连的房顶必须铺瓦。为什么呢？因为本宅是家里主人的席位所在之地，如果房顶的地位下降，就和主人的地位下降一样，将来不会有吉相。[2]

有两个房顶的房子，会使主人的地位低下。

为了装饰房顶的兽头瓦装有雀瓦这种东西，根据身份不同，有可能是凶相。

瓦房顶是将来的阴宅之相，因为瓦是用土做成。为祈求家门永存，茅草、稻草等葺顶的房子为吉相。古典中有如下的记述：天照大神[3]的神社是海草葺顶，国体为吉相。据说这是神代的鸬鹚草葺不合尊[4]的古例。

神殿的房盖的顶端是仿照活着的树木之形建造的，这里有阴阳由天而授的意思，也就是“X”形状神殿的房顶之所以用丝柏的树皮葺顶，乃因树属阳，而丝柏为尊贵之树。

民间有稻草葺顶、麦秆葺顶、茅草葺顶等房顶，这都是阳之相，天智天皇的诗里有“临时搭成的简陋草庵中，铺了屋顶的草帘子编得稀松”之句[5]，所言乃国体之事。

以草葺顶的房顶，如果其坡度过急，就会阳气过强，难以长久。

在大房顶覆盖有箱栋[6]这种箱子形状的东西，如果是稻草葺顶，就要用兽头瓦来包房顶，这样就带有瓦葺顶的宅相，如果坡度很陡就成了凶相，一家难以数代持续。

在草房葺顶的兽瓦里面铺有叫做“雁振”的长瓦，是天长地久之相，另外，用稻草做成桩子那样的稻草束代替兽头瓦也是大吉之相。这种方式被称为这种方式被称为“乌”。

①悬鱼：日语叫“鯱鉾”，镇火之物。

鯱

日本熊本城上的悬鱼（摄影：Mukai）

②过去日本一般民家主要建筑物用草葺顶，而与其相连的下屋用瓦葺顶。如在奈良周围常见的传统民宅“大和栋”，有急坡度的稻草葺顶的主建筑和与相连的用瓦葺顶的下屋构成。从宅相上来说，稻草葺顶的建筑物地位要比瓦葺顶的建筑物地位高。

③天照大神（《日本书纪》）或称天照大御神（《古事记》）、天照皇大神、日神，是日本神话中高天原的统治者与太阳神。她被奉为今日日本天皇的始祖，也是神道

教最高神祇。

④即鸬鹚草葺不合命，日本古代的神祇，是天津日高日子穗穗手见命和海之神的女儿丰玉姬神之间孩子。后和丰玉姬神的妹妹，扶养他长大的玉依姬神结婚，生了神武天皇。

⑤天智天皇：天智天皇，日本第38代天皇（668年1月3日—671年12月3日在位）。父为舒明天皇，母为皇极天皇（重祚为齐明天皇）。亦称葛城皇子、中大兄皇子。其所作和歌原文为："秋の田のかりほの庵のとまをあらみわがころもでは露にぬれつゝ"见《万叶集》卷十。

意为：在秋天的稻田旁边，我为了看守稻子，住在那简陋的临时草庵中，草庵顶上的草帘编得稀松，我和服的袖子不断为夜露打湿哟。

⑥是以箱状的木头为芯，反复涂漆而成，有保护支撑屋顶最上部的檩木的作用。可以给建筑物带来强大重量感的是厚重的土壁和豪华屋顶瓦。而在屋顶最上部像墙一样的箱栋耸立起来，更酿造出一种震撼力。

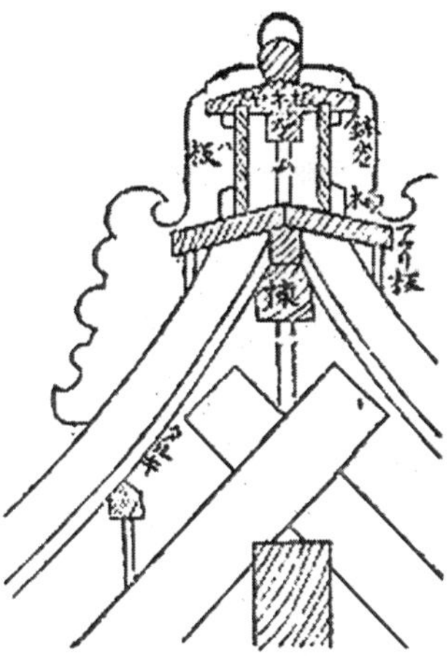

箱　　棟

二层建造之部

在城市里，两层楼的房子拥挤在一起，没有什么不吉利的，因为可以俯视四面八方的矮房子。但是在农村建两层楼的房子就非常不好。最终这种房子要交给别人，必不长久。这看一看城市和农村的房子的状况就可以知道的。三层的住家也难长久连绵永续，就是这栋房子存在，房子的主人也是不断变化，无论景色多么优美，因为是一时过客之相，很难永久存续。平房建成催生阴气的样子，必定长久。建得特别高的住家，必招火灾，如果同时建有地下一层，接受地下的阴气，则接受阴气，阴阳和合，就不会招来不好的结果。

就是在城市里，建造三层以上的住家也是凶相，为什么这样说呢？三层接受天之阳气；一层接收地之阴气，而二层阴气阳气都接收不到，成为空虚，乃凶。如果仓库建成三层，内部所纳财宝难保。如果本宅比仓库低，仓库就成了本宅旁边的高楼，是日日游手好闲，吃喝玩乐之相，非常不好。两层建筑物无论多么低矮，在农村都是忌建的。

佛教中的五重塔①是什么呢？这是五伦②之相、五智③如来之相、金木水火土五行之相，因以如此的真理建造而成，天地鬼神为之感应。塔的顶上置有九轮④，被作为九曜星⑤，也被作为九品佛⑥，从数理上来说合于“九之法”。梵钟敲一百零八回，一日分十二个时辰，一个时辰敲九次，由此消除一百零八个烦恼。

阿弥陀佛身体向南，右手向上，是菩提的理相；左手向下，化超度众生之理相；下踏莲华是八相⑦之道的理相。头顶天，身体呈太极之相。为何这样说呢？因这是肝心脾肺肾五脏，即是木火土金水五行。将莲台称为“八相”，也就是乾兑离震巽坎艮坤八卦，以此比喻人心，则有“八识”⑧之相。右手抬高而指乾，左手放低指巽，两手结印⑨。眉间之白光照太阳之合相，这是天的正中，时间为正午，方位属南方，南为方位之始，故本无方位，只是人伫立向天，头顶太阳时为正午，以南方为方位起始，从本无方位而言，因此说“南无”。故无无无有，有就是无，无就是有，天地开辟为木火土金水之姿，这也是佛体，也是人体五行，本来之八识，而莲华也为八枚。

①五重塔：佛教中比喻地、水、火、风、空而建造的五层塔。

②即五种人伦关系。古人以君臣、父子、夫妇、兄弟、朋友为“五伦”。《孟子·滕文公上》：“使契为司徒，教以人伦：父子有亲，君臣有义，夫妇有别，长幼有

序，朋友有信。”

③密教立佛身，先有理智之别，金刚界属智，故称智法身。胎藏界属理，故称理法身。显教说转八识成四智，而密教更转第九识，所以成五智，也就是八识外再加庵摩罗识，即白净识。五智即阿啰钵舍囊（arapacana）的翻译，是密教金刚界将一切成就诸佛菩萨的智慧分为五种，为法身佛大日如来所具足，称为“五智”，并以五智配于金刚界和胎藏界之五方佛、五部等。五智是：法界体性智、大圆镜智、平等性智、妙观察智与成所作智。

④九轮：塔的露盘上的高柱型装饰，塔刹从上到下依次是宝珠、龙车、水烟、九轮、受花（请花）、伏钵、露盘。九轮是露盘上的柱子的九个装饰轮，是相轮的一部分，有时也被称为“相轮”。

⑤梵历以九星配日，而定其日之吉凶。九星为：一、日曜（太阳），二、月曜（太阴），三、火曜（荧惑星），四、水曜（辰星），五、木曜（岁星），六、金曜（太白星），七、土曜（镇星），八、罗睺（黄幡星），九、计都（豹尾星）。九星与日时相随不离，故又称“九执”。唐开元年间传入我国，称“九执历”。九星配日法曾为我国历法所采用，后删弃。

⑥九品佛：九品就是极乐净土的九个阶位，在上品、中品、下品的三品中，各有上生、中生、下生的三个等

级。九品佛就是将九品的阿弥陀佛做成九座佛像。

⑦八相：佛教术语。指释迦牟尼佛一生的八个阶段。“成道”是“八相”中最重要的内容，又是释迦牟尼“一代时教”的起点，亦称“八相示现”。据传，释迦牟尼在过去世早已成道，为了度化众生，化身“示现”八种相状，应时对机地降生人间。《佛本行集经》等详其事，介绍“八相”的内容。即降兜率、脱胎、出生、出家、降魔、成道、转法轮、涅槃。

⑧佛法唯识学中的“八识心王”是指眼、耳、鼻、舌、身、意、末那、阿赖耶。

⑨结印：佛教中为了表示佛与菩萨之像，以二手十指之曲折屈伸来做出各种各样的形态。

房屋天井和地板部

高天井、高地板是贵人之相，在这样的宅相中住的人之心让人有压迫感，难以长久。民间的房子地板的高度在二尺①以下为吉②，顶棚的高度从门槛上面的横木到顶棚为二尺五寸为吉。三叠③、四叠大小的天井应限定在二尺以下。十八叠、二十叠的房间应限定在三尺之内，地板的高度要与人的腰部的高度一样，天井的高度和人的身长差不多，这是自然的道理。

厨房大家庭就会大起来，狭小的厨房是非常朴素、恭谨的宅相，是吉相。

宽广的房间会显出主人之心的宽宏大量，但是有很多大房间之家都是财宝难保之相，且会在金融方面匮乏。房间窄小，在金融方面为吉，因为这是内包阳气的宅相。商业家的房子把地板和天井都弄得很高，客人就少，弄得很低，客人就多。就是说地板和天井低，这家人家的腰和头都下得很低，低姿态，这样的店自然繁荣。

铺榻榻米的房间很小，而土地的房屋很大，这样的宅相是不繁荣的宅相。会渐渐地衰败下去。看看住在这样房子里的世间的人们就可以明白这一点。土地房间窄，而铺榻榻米的房间多，是阳气旺盛之相，非常吉祥。

铺地板的房间和土地的房间一样，呈阴相，土地的房间天井搞得非常高，手下的人就会很清高，会损失很多的利益。

灶炉、水道等炊事场所如果很宽敞，每日的费用就会增加，厨房还是窄小的为吉。

有的人家在前后相通的院子两侧有铺榻榻米的房间，这样有穿过正中的庭院的人家的继承人不在这里住，渐渐衰退，房子也不能住下去了。为什么呢？因为家中太极[④]暴露。看看世上住这样房子的人家就可以明白。

①日本明治时代一尺等于30．3厘米。

②在日本传统民房等屋内空间里，人睡觉、吃饭、走廊等空间比地面高，铺地板，寝室等房间铺榻榻米；而这以外还有和地面高度一样的空间，是和外部联络的空间，过去都用三合土等铺装地面。日语叫“土间”。

③一叠为910毫米×1820毫米。

④太极：家的中心。

在街上居住的房子之部

南北相通的街道东侧为阳，北面的住房为阴，西侧为阴，南侧的房子为阳。东西街道南侧为阳，西面的房子为阴。由于北侧为阴，东面的住房为阳，因此偏房和住房呈阴阳和合之相。这样的人家注意不要在两鬼门[①]建灶炉、下水和井。城市中大体上都不在这个方位建这些东西，如果相反，就是极其空虚的宅相，就是在农村也要以此吉相来建，以趋吉避凶。

①两鬼门：阴阳家语。阴阳家谓西北间（乾）为天门，东南间（巽）为地门，西南间（坤）为人门，东北间（艮）为鬼门。鬼门为阴恶之气所聚，百鬼所居。《隋

书·萧吉传》："于是宣慈殿设神坐，有风从艮地鬼门来，扫太子坐。"和鬼门正相反的方位，西南的方位也被称为"里鬼门"。

门口、门和纸门、纸窗之部

门口非常宽广的房子人口就会多起来，财宝也就容易散出去。如果前门和后门正相对，由于两边相对，是财宝进来之后马上就出去的宅相。门口的门槛高，或者是叫做"内法"的门槛到门槛上面的横木之间的距离大的房子不很吉利，是财宝难入之相。距离较小是吉相。在辰巳（东南）的方位之角建门口，是有盗贼之难之相。在表鬼门之角建门口财宝易散。

在戌亥（北北西）的之角门口财宝难保。

在里鬼门之角建门口财宝易散。

向南的房子和向北的房子，在东居室安装绕过东南的排雨管，是遭受官司之相，长男不在家里，难保财宝。有北向门口的西居室，在居室前面有向西南或北的排雨管，会有有关女性的口舌之事，主人的境地困难，财宝渐渐失散。南面很开放，北面都是墙壁的房子受阳气而不受阴气，阳气过强，女子有不义之事。向北的铺榻榻米的房间北边非常开放、南向是一面墙的房子，只有阴气进入，男子行不义之举。在正西有较大正门口的房子女子吵吵嚷嚷，男子惧内。

正东建较大的正门口的房子男子不孝的多，而且多不在家里。

在东、西、南、北有大的正门口的房子由于家中特别开放、必失财宝，不能长久。房子的四角没有直角墙壁家财难保，但是如果向南的房子，在戌亥的方向有房屋，此方位乃财宝收纳位，忌敞开，必有直角墙壁，才能保住财宝。因此在未申的方位如也有铺榻榻米的房间，对戌亥之房间形成围护之状，就不会有什么问题。

向南的寅丑（东北）的方位如果有房子，围有直角墙壁为吉。

在辰巳的方位使用天棚和墙壁之间的贴木没有什么问题，向东向西都是一样，四角的墙壁为四天王所在之处，缺少四隅之角不吉祥。有四隅为吉。而如果天棚和墙壁之间的贴木洁白清静，就像是祭四天王[①]一样，因此可以用。而用作饭厅的铺榻榻米的房间如果朝阳，会引起头部充血等狂乱的疾病。

①四天王：佛教镇护四方之四神。持国天（东方）、增长天（南方）、广目天（西方）、多闻天（北方）。

横长的窗子之部

在辰巳的方位有横长的窗户，世间会有麻烦找来，会浪费金钱，或家里的东西被人家拿走，或有盗难。

正南的横窗内部阳气强，是财宝散出之相。

未申的方位有横窗，女子来侵犯男性。

西面有横窗家中的女人吵吵闹闹，其人一不安于内而是散乱于外。

戌亥的方位有横窗，财宝难保或有贼难。

北方有横窗，男子为阴气所摧，会突然死，还会有盗难。

丑寅的方位有横窗，无论是怎样坚守节操的妻子，也会有外来男子侵犯妻子，而且此女子心乱，执著于该男子。这是难逃的凶窗。即使是看起来有节操的妻子，也必有密藏的奸夫，这是令人恐惧的法则，但是确有如此的法则。

表鬼门是男子的极处，男人的气质从窗子吹进，使妇人郁闷，落入不义。这并不是女子自身有不义之兆，而是法则所致，完全不是女人之错，而是法则的感应之所。不应憎恨女子，而必须考虑法则之重。

从里鬼门之窗吹进女子之气，与男子的极方互相感应。

这是秘密的口传，不能写在纸面上，因此就到此为止吧。

东面之窗继承人心散乱，一家难全，但是如果外部有好的建筑物，可以弥补这个不好的宅相。

左右两鬼门的窗子即使很小，也是“针穴棒风”，是非常不好的宅相，如果是一间长的竖的纸窗应该没有什么问题。

两便所之部

榻榻米房间的两便所，其高度和本宅的地板或榻榻米的平面的高度相等不吉，稍微低一点为好。两厕所与榻榻米房间隔壁不好。为什么这样说呢？因为空气流通不好。因此为了让空气好好流通，两厕所与榻榻米房间之间应该留有一定的空隙，这是要非常注意的事情。这样造厕所乃为吉相。在壁龛的里侧建厕所的人家较多，这是不好的宅相。壁龛是供祭尊贵之物的房间，在这里面安置便所，不仅臭气袭来，还违背清洁之道理，与理相悖。在本宅里安置两厕所，本宅就成了人的腹部中不洁的东西的所存之所，因此两厕所最好安置在离开本宅的地方，离开本宅的厕所要比本宅低，这才是吉相。

正东有厕所的人家，长男难以在家里居住。

正辰巳的厕所，在世上损失金钱的事情较多。

正南的厕所会得腹部以上的病。

正未申的厕所女子有病难，或者短命。即使养育了女子，让她结婚，这个人家也会一同衰败，女子有再三结婚之劳苦。

正西的厕所妇人多病，或者是口舌不断。

正戌亥的厕所财宝朽烂，失去，有的甚至卖尽祖先的财产，并把卖得的钱拿走，到其他的地方去，不在家里。

正北的厕所患下气之病。

正丑寅的厕所即使有男子降生，也多死去，即使养大了，也是生涯多病，如果健壮，会成为放荡之人，对双亲不孝，也失尽财宝。

厕所的吉祥方位在亥（北北西）子（北）的方位、壬（西北北和北之间）的方位、卯辰的方位（东与东南东之间）、乙的方位（东南向北30度角）、酉戌的方位（西与西北西之间）、辛的方位（西与西北西之间，比酉戌向北15度）。

中吉的方位为子丑之间（北和东北北之间）、癸的方位（子丑之间）、寅卯（东与东北东之间）、甲位（寅卯之间）、午未（南和南南西之间）、丁（午未之间）、申酉（西南西与西）、庚（申酉之间）、巳午（南南东与南之间）除了丙的方位（巳午之间）都为吉。

井部

正东的井是凶相，是长男之祟。甲（东与东北东之间）和乙的方向为吉。

正辰巳的井为吉，但是应该除去丙的方位。乙的方位为吉。

正南之井会得脖子以上的病。一般为独眼、瞎眼、头痛、心乱、健忘等等。如得急病，就是脑膜炎、头充血、耳痛、齿痛等等，或是和公家、官厅等有联系的灾难。

正未申的井有女难，而且难以怀孕。

正西的井为吉，但是会成为女子之祟，设置在辛（西与西北西之间）的方位为吉。庚的方位为中吉。

正戌亥之井保财宝，钱财的融通也顺利。在戌亥的正中稍微偏一点的亥的方位或辛的方位为大吉。

正北的井子孙不安定，动辄就从家里跑出去。

正丑寅之井家里有病人，是最难繁荣的宅相。为什么这样说呢？因为井在表鬼门，所有的事情的交涉都会得到反面的效果。

在井上建造带房顶的房子，井里的水不能映云载星，饮如此之水之人自成阴气，没有活泼之心。看一看世间的有这样的井的人家，就可以找到这种说法的证据。为什么这样说呢？天上的云成为井水，一盖上房顶，井水和天水无法作为阴阳的蒸发气和合，井水的蒸发闭塞，成为死水。饮用这样的水，人的气性就变阴。戌亥之内，乾为正中，乾的两肋辛与壬为打井的第一吉方，所谓的“以水依水”就是这个方位。辰巳正中的两肋乙和丙的方位也和戌亥相同，正东卯两肋的甲和乙的方位也是吉方。以上的方位为吉。

废弃的井也就是所谓将要崩塌的井不问方位，喝这种水都会得被称为“水气病”的肿物等病。而两鬼门有这样的废弃之井的人家，会出癞病。

在本宅的地板下面无论是流清水还是流浊水，不问方位，都会得水气病，应该知道这是凶宅相。

浊水滞留场所

浊水滞留场所在两鬼门，病人不绝，正当东西南北戌亥辰巳的方位就不好，正当十干的方位为吉。

为了不让水沉淀下来，刷上漆，并造得很坚固不是很好，让浊水自然积流比较理想。

泉水之部

戌亥的方位有泉水为大吉，能保财宝，接收金钱的融通，是金生水之相。

辰巳方面的泉水是人在世间交际上兴旺，是兴家与万福到来之相，这是水生木之相，为大吉。

乾属金，金为生水之相，辰巳为巽之木，为以水生木之相生之相，故大吉。

比如有人说大日本帝国在两鬼门土地伸展，地相不好。但是还有秘不传人的说法，那就是因为海之内有日本所领有的部分，这也可以看做是土地。再就是辰巳的方面有广大的水面，戌亥的方面也有广大的水面，因此是大吉相的国体，应该知道这并不是向两鬼门伸出的国土。

东边的泉水和西边的泉水都没有什么问题，南边的泉水会使人生颈部以上的病。

北边的泉水招阴气，在《易经》中北为坎，将此放到水的卦方，则坎遭陷落。

南边的泉水为“水火未济”，南和北是水火相克之相，为凶。

两鬼门的泉水当然属大凶，而临泉或池水突出出来的和式房屋等也为凶。

宅地吉凶之部

宅地内有清流之家，财宝难保，这个人家必然破灭。

戌亥之隅的宅地角引来流水，此宅地为大吉相，向什么方向流动都不要紧，向辰巳的方向流过为大吉相。

南来之流正当辰巳之角为大吉。

从东而来流向辰巳为大吉。从其他方面流向戌亥之角，而临戌亥而流走不是太吉祥。

迎着两鬼门之角而流当然是凶。但是从北流来向着鬼门流去没有什么问题，从里鬼门临戌亥而流去为凶。从戌亥的方面临南边流去为凶，从戌亥的方面流来，途中转向其他的方向，临两鬼门的直角而流，为凶，但是若在戌亥处建立坚实之角以防大水，从戌亥方面接受水势，为上上吉之相。

筑山之部

戌、亥、子之间筑山为大吉。

子、丑、寅、卯之间的场所筑山为凶。

卯、辰、巳、午之方位筑山为凶。

午、未、申、酉之间筑山为凶。

在上面所说的凶相之中，在丑寅的方位，或未申的方位筑山，再在山上筑亭，无论有多少财产，十年后这样的人家就开始下倾，经过二十年后失去家财，可是在戌亥的方位筑山，就会掌握房权，只有戌亥的方位为吉地、吉相。

在东面筑山，长男的权势过强，胜过父母。

从辰巳向南筑山，人的心情高兴，高傲。

在西面筑山，女子情绪高昂，为凶，南也为凶。

石灯笼之部

石为天地间极阴之物，横着用比竖着用吉祥。竖着用为大凶，因此就是富贵人家在院子里竖起十多根石灯笼，就会成为这样的人家会衰落下去的根源。太多的石灯笼会引来家的衰落。这是在民间应该懂得的。从用法上来说，短粗的石灯笼，低矮伞大柱小的雪见灯笼应宅相而少建几个为吉。总之低矮为吉。

庭园散石之部

庭园中的散石竖着安放为凶，横着安放为吉。总之，庭园中的散石有把房子吞下去的形状，或者刺向房子的形状，或者切向房子的形状，都是家人之祟，得眩晕、头痛、胸痛、心绞痛、血涌上头等病状。

踏脚石之部

踏脚石可做成龙形，不可做成石门、石墙的形状。

铺在平地上的踏脚石过大，不仅盖住了蒸发之气，而且呈现极阴之状，也盖住了房子的繁荣之相，因此铺细小的石头为吉。偶尔铺一些适当大小的石头也吉祥。

洗手池之部

一般在院内的洗手池前面都挖一个大坑，以吸入下水，上面盖一个壶状的东西，在这个壶状的东西扣在坑里，在壶底开一个口，从这个口进去的下水发出响声，有人喜欢听这种空穴中的声音。可是，这样一来，漱口、洗手等不洁净的水被吸入地中，地中难以将此水迅速消化，玷污了地神，为大凶，只用简单的流通方法为吉。

树木之部

宅地中有大树，在切断粗干大枝的时候，如果切口呈现出将房子吞入之相，这家的主人短命，因为此树木为吞人之相。人们说有这样的树木就会吞人，是因为这样的树木呈现吞人之相。不要栽种如此形状之树，此种树为凶，而树木很高大，横枝伸得过长，许多长枝伸向宅地外，则泄漏家势之气，邻家的树枝伸过来也是凶相。而树木超过房顶好几米的人家，家人负于树之势，凶。树干八尺或者一丈，这个树枝伸展，覆盖房子，这个人家渐渐衰落，为凶。但是如果这个人家的家门很大，大树偏于戌亥之隅，则非凶而吉。

辰巳方位的大树为吉树，招来世间好友贵客，但是如果枝叶伸向宅地之外，家势渐渐衰落，凶。若不是非常大的宅子，枝叶伸到外边都不吉祥，但是神社、佛殿例外。

在戌亥的方位有大树，看起来像大山一样，为吉像。

两鬼门有大树为大凶。环绕在宅地之外的繁茂的山薮中有道路，并从两旁伸入宅地，家势难发达，但是神社、佛殿例外，而这样的神社、佛殿参拜者不多。

院子里的铺石路之部

从门口到院子门口如果铺设很宽的漂亮的石板路，这个家会衰落下去，穷途末路。围绕厨房在院子里铺板石，而围绕着水池子铺设涂漆石板，这样的人家渐渐衰退，难以长久。为什么这样说呢？因为铺满了阴性之石，盖住了蒸发之气，家中之阳气难以与其对峙，落入阴气之中。比如说在市井中饭店等向着厨房铺满石板，这家的主人会被替换。而神社、佛殿等里面的道路如果铺满石板，参拜者渐渐减少的例子比较多。而在民间，门口的门槛内外铺上“踏脚石”这样的板石为凶。石为艮卦，艮为山，铺上石板，为山之重叠，则成为“出”字，这就是所谓的真理。再就是围绕房子涂漆或抹水泥，就盖住了土地的蒸发之气，凶。

炉灶之部

炉灶的火口向正北，会患腰部以下的病，或者是因腰部有病成为瘸子。

正丑寅之灶炉是子孙养育之害。

正丑寅的火口主人短命。

正东的火口是长男之祟。

正辰巳的火口是世间交际、买卖等种种事情之祟。

正南的火口患脑神经障碍，或是眼病既颈部以上的疾病。

正未申的火口是女人之祟，因为这是里鬼门。

正西的火口是小女之祟。

正戌亥的火口财宝难保。

炉灶在东，向西有火口，如果对着火口吃饭，会得脑充血等病，也是女人之祟。有如此的炉灶并对着其火口吃饭为凶。有这样的火口时，在火口前建墙壁，或在火口前挂上挂帘，从吃饭的地方看不见火口，就不会有什么障碍。

灶炉的火口和井正对，会有色情之难。

因此灶炉所在方向应该在十干的方向，或者火口冲着十干的方向。

向着东、西、南、北、戌亥、未申、辰巳、丑寅的方向的火口为凶，每天做饭的炉灶和火口所向的方向是最重要的，这一点一定要记住。吃饭的地方向着东、南、北、辰、巳、戌、亥的方向为吉。

但是不能对着火口放水瓶，为什么呢？因为这是水克火之相。另外，火口和正门口及后门口正相对，家庭中会出现逃走者，成为此家的一段忧愁。

灶炉的第一吉方是甲、乙方向，火口向着甲乙方向为吉。

各家大小有不同，小房子里建过大的炉灶，诸杂费增加，厨房的水池子也应安置在十干的方位。

可是，虽说是十干的方位，房子的十干和吃饭的地方的十干是不同的，在确定炉灶的方位时，应该在食堂的中央放上指南针。而本宅的中央是主人平素所在正中，在这里放磁石也可以取方位。

从吃饭的地方正当两鬼门有水场为大凶，病人不绝，短命。

神棚之部

在俗家祭神棚，在人通过神棚时其棚超过人的肩的高度，神之心难以留下，为什么这样说呢？

因为有这样的说法：神的御札拿在右手，越过左肩，向后抛去的时候，神之心就会离去。

神棚诸神在向东和向南的朝阳方向祭拜比较吉祥，向其他的方向为凶。这应该是首先明白的。在神棚下面人不能通过的靠墙的地方祭拜为吉祥。

神棚可以祭在辰巳的方位，而神棚如果祭在从二楼下来的地方为大凶。

佛间之部

佛间向东、向南为大吉。为什么这样说呢？因为是太阴之法。以阴方和阳方合体，成阴阳具备之相，为吉。

向西向北安置，阴体向阴，成阴之重叠之相，为女人之祟。祭在这个阴的方向人家病人多，短命。

佛坛安置在从二楼下来的地方为大凶。

而在祭木像佛的时候，有必须注意的大事。如果这座佛有受伤的地方，这个家中的人就会在这个有伤的地方得病。这样的事情偶尔在世间会有。而在火灾时误将佛像弄倒，虽然没有伤，但是佛仍会感到烦恼，如果这家人祭拜如此之佛，就会病患不绝。遇到这样的时候，不要正式拜佛，而是以献给此佛之香供奉一个月，还其清静之后，再正式念佛拜佛。

上面所说的佛之力，如果从佛像的刚柔来说，金像为第一刚力，铜像为第二刚力，其他金属造为第三刚力。木像为柔力，列为第四，画像和佛的称号为柔力列为第五。

根据上面的道理，由于金像过强，当利益必须由刚力来成就时，希望能用金箔木像。

碓臼安置之部

舂谷稻类的碓臼冲十干的方向为大吉，东和辰巳的方位也为吉，冲东冲南踏碓臼为吉，冲着居室踏碓臼为大凶。向两鬼门踏碓臼为大凶。向西踏有女难，西为阴，米也为阴，阴与阴重叠，为重重阴。将米作为属阴物的理由是米在秋天穗垂结实，故为阴。但是如果以此阴物做酒，则其势旺盛，阴满变阳。这正如昼夜之天理一样。麦在春季扬穗结实，为阳性。以麦做酒，和米酒相比没有那么大的阳性，这是阳满变阴，成为阴性之故。但是因为吃麦子非常容易被消化，为阳。

而人们在生年九星[①]中的本命定座的正中方位安置碓臼，舂麦舂米，这样舂米时就和敲人的头一样，故得头痛之病。本命九星定座北为一白定座，为坎之方；八白寅丑，则为艮方定座；三碧定座为卯方，则为震之方；四绿定座为辰巳，则为巽方；九紫定座为南午之方，则为离方；二黑定座为未申之方，则未坤方；七赤定位为西酉方，则为兑方；六白定位为戌亥方，则为乾局；五黄定位为中宫，则为八方之正中。

因此不动生年之九星的方位安置碓臼为吉。

在两鬼门的正中安置碓臼，在此舂米，家主短命。

在宅子内的院子里安设被称为“鼠不入”②的储米容器等，并把它安置在两鬼门之隅在这里装麦装米，吃了这个米麦病人不绝，家业也难以为后人继承。

①在中国古代天文学中有北斗七星之说，他们依次排列为一白贪狼、二黑巨门、三碧禄存、四绿文曲、五黄廉贞、六白武曲、七赤破军，这七个星宿称为北斗七星，而斗柄破军与武曲之间有二颗星，一颗星为右弼，一颗为左辅，左辅排在八，右弼排在九，由七星配二星共成九星。九星之说根据“易经”而成，九星命学利用“河图”“洛书”先后天八卦、爻的法则等，运算地理、风水人的命相的吉凶，并用九星来概括宇宙万象，因此必须认识九星运行轨道，以明“河洛”之理。

②鼠不入：入口坚固，老鼠等难以进入的柜子、食橱、容器等。

房屋的方向之部

宅地正如南向之龟。

辰巳之角是增长天王[1]之定位。

艮，即丑寅之角，是持国天王之定位[2]。

乾，即戌亥之角，为毗沙门天王之定位，也称“多门天”。[3]

坤，为未申之角，是广目天王定位之所。[4]（见《构宅安危论》原图一）

这四隅之角不应该有缺损。这是四天王宫座中龟足那样的东西。宅地的形状像龟甲一样南北稍微长一些，东西稍微窄一些为吉地。

《构宅安危论》原图二所示从辰巳到戌亥方向长的宅地，未申短，向南而东西长，

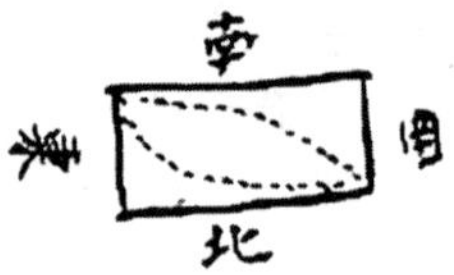

《构宅安危论》原图一

《构宅安危论》原图二

《构宅安危论》原图三

是从辰巳到戌亥方向伸出的宅地，这种宅地有“登舟之相”，为吉地。四天王处没有缺欠的地方为中吉。

四方被墙围住的一切建筑物叫“二重住宅”。

南向东南长，南北短的住宅叫“平受宅地”。

用土墙和仓库把外面围起来的房子叫“一重住宅”。

在戌亥的角落如图（《构宅安危论》原图三）那样围起来的房子叫“竹阵”，是因为像细竹叶子那样的形状因此这样称呼。

而在戌亥的方位有仓库、收纳室、墙等连接在一起，做成四方状的房子叫“一重住宅”。

而三角、六角和八角形的宅地因在四天王之宫有缺欠，为凶宅地。

吉相的房子如果在平坦的地上，没有什么不好的。有长有短的四方形的宅地就更好。

两鬼门高、戌亥、辰巳方位低的宅地为凶。丑、寅、卯、辰、巳、午、未、申的方向无高无低很平坦为吉相。酉、戌亥、子之间高为吉地。

在神社和佛殿，酉、戌、亥、子之间有屏风那样的岩山参诣者越来越多，会繁荣起来。而在俗家，如有这样的东西，则为权势过高之相，乃凶。而对于六根清净的人来说就不是凶相。

巳、午、未之间抱山的宅地人的情绪高涨，反而变为凶相。

如果宅地四方都是山，在这样的谷间居住的人看天时显得很窄，在这样的村落住的人心地狭窄，难就公职。

而没有山，在广阔的土地之村落中居住的人看天时显得很宽广，因此心地宽广，容易就公职。

宅地的四面被河围住，并过桥进宅地的人家被称为“孤岛宅地”，这样的房子多成养子的房子。而在山里，宅地如果比周围高，是贫相之地，东、西、南三方面低，北边高且有山的房子为吉相，三方如果低，对神社佛殿来说为吉地，在民间，比较平的宅地为吉地。

①增长天王：四大天王是佛教的护法神，（俗称“四大金刚”，是错误的，应该叫四大天王），又称护世四天王，是佛教二十诸天中的四位天神，位于娑婆欲界第一重天。第一重天又叫四天王天，位于须弥山山腰的四座山峰上。四大天王的塑像，通常分列在佛寺第一重殿的两侧，天王殿因此得名。四大天王分别是：

东方持国天王，名多罗吒，居须弥山腰东，黄金为地；

南方增长天王，名毗琉璃，居须弥山腰南，琉璃为地；

西方广目天王，名毗留博叉，居须弥山腰西，白银为地；

北方多闻天王，名毗沙门，居须弥山腰北，水晶为地。

②持国天王：见注①。

③毗沙门天王：见注①。

④广目天王：见注①。

龙穴沙水部

在东南接受阳光的地方金钱进来得很多，却难以永存，但也没有什么大火灾。太阳降落时，接收太阳的阴火的地方是很多金钱汇集的福地，但是有大火灾。岩山多的地方的人们好愤怒，比较强盛。石类多的地方人们脾气比较暴躁，而黏土深的国体，地也静，人也静，人的耐心强，身体五脏也是纯土非常深之地较强，并有忍耐力，但是才华钝拙，才觉发挥不出来，说话也很慢，认真周到。

沙子深厚的地方才觉精巧，但是智慧不深，五脏虚弱。从邻国有流水进来，在这里沉淀为土地，为福相地。沉淀过度，就成为湿地，为贫相地。而水深清静，大船进来之地为福地。蜿蜒流过来的水被称为“龙”，而此流似流入穴中，被称为“龙穴沙水”。

西方有大河或湖，用船送来种种货物，横切戌亥的方向的河与湖为凶。为什么这样说呢？因为破了戌亥方向的气。

东方有大河或湖，以船送来种种物品，横切卯辰之间，即乙的方位的河和湖水为繁荣之相，为什么这样说呢？因为这是水生木之吉相。郡、村、市内的东或西有河，在土地的出入口的大道正当两鬼门有非常高的石桥，土地为贫相，如果是木桥则不要紧。

另外如果两鬼门方位有神社、佛殿，此地难以繁荣。酉、戌、亥、子的方位有神社、佛殿为吉地，而辰巳的方向有大佛像为凶地，

上面所说的方位是从本宅所取的吉凶方位。

而市、町、村的地势自然地下、凹洼，为吉。平地也为富地。

常言道：贵地不囤金钱，如京都那样三方有山，还有清流之川。就是在乡下，如果北面有山，南边在赏心悦目的风景中有河，这样的地方大富豪很少，小家很多，这是因为这里是过于富贵之地。贱地聚集金钱，所谓的贱地，就是眺望起来很宽广，没有什么风景的平地。

再往大了说，司我大日本帝国之国法的地方，必须是能够看到广阔的天空的地方，因此从古至今，天下的王政在东京武藏野之都进行是大吉相。四方平坦有街有村，正中有大道和流水，而街村的北侧没有树木和矮树丛等为堤则为贫相之地。这里的道路弯弯曲曲为吉。一走到头的路，或虽然是歪曲的道路，但有贯通两鬼门方向的道路的

町、村，或有离得很远的一两栋房子的町村也为凶。在房屋群中有弯曲的道路为吉。

弯曲的道路广阔为吉；狭窄为凶，极端宽广也凶，为什么这样说呢？因为阳气散乱难保，而与阳气相应，有互相保护阴影之地为吉，即有灌木丛、树木、林子围绕之地为吉地。右边的道宽三间以下为吉；三间以上从商法商来说，是不繁荣之相。

让人感到容易到达之地为吉，不容易到达之地为凶。

周围建筑之部

周围建筑的门口，就像人之口一样。从本宅能够清楚地看到周围建筑物的门口为凶。比本宅之门小而低为吉。建得很高为凶。乘马能通过的门在俗家为凶相，这样的人家渐渐衰落下去。在俗家，门的横幅超出一间以上为凶，五尺到六尺为吉。用一块板做的门有时为吉有时为凶，这家主人能用六根之识为吉；对于不懂神佛真心的人来说，位过高为凶。石造门极阴，为凶。因为阴气浓重，石门之家将走向衰落；铁门也是一样。

从颜色来说，黑色用于房屋，为降伏恶魔之色，而红色为昌盛之色，青色为发达之色，黄色为财宝福田之色，白色为贵人之色。以上之色之位甚高，民家使用为凶。民家应该使用不白、不青、不黄、不红、不黑的五色之外的颜色。

而稻荷明神[①]守卫繁昌，用红色，而神佛用白木。

佛坛的宫殿用金黄色，冠木门[②]用黑色，警察或者裁判所用黑色吉，但是在俗家不可。政府和学校等用黑色不可。

家的旁边用连续不断的铁栅栏和木栅栏围起来为凶，而军队为吉。

向表鬼门方向有悬空的建筑物相连，成男子之祟；向里鬼门方向有悬空的建筑物相连为女子之祟。

在辰巳的方位有高收纳屋，家人高傲，凶。如果其建筑物很低，家人的性情沉着，为大吉相。

酉的方位有高建筑物，女子的性情高亢，难以治家。普通稍微低一些为吉相。

戌亥子的方位有高仓库，彰显自然的权势，为大吉相。可是如果过于高，家人权势的气氛太高，为凶。

过了寅之方，在正东的卯的方向建过高的建筑物，长男权势过盛，凶。

而建筑物低，家人的性情也低调，为吉相。丑寅方向为本鬼门，这个方向最忌有建筑物，这是一个真理，也是万物发育之理。丑为阴历十二月之节，寅为立春正月之节。从日常的时刻来看，为阳历二时，阴历八时，即为丑的上面的时刻。而阳历三时，为阴历的八时半，是丑下面的时刻。阳历的四时，为阴历的七时，是寅上面的时刻。五时为阴历的七时半，为寅的下刻。六时为阴历的六时，为卯的上刻，七时为阴历的六时半，为卯的下刻，而卯的上刻称为“晓天”，即东方发白。

卯下面的时刻，太阳升起。而阴历的正月为寅，二月为卯。在这样的季节中，土中草木的种子渐渐饱满，欲要发芽。对于人来说，就是体内之子欲生之理。丑寅的方向空气流通为第一，忌以建筑物堵塞。误以建筑物堵塞之时，传宗接代的血缘男子断绝，这家人家为养子继承。这里所说的就是：日日夜夜，天地以空气养人气，人以出入之气息，和草木气息交换，根据这种相互交换，互养天地人三才。故丑寅为男女之局，需十分清静，此地有建筑物之重荷为大忌。

鬼门被塞时，家人的气氛被堵塞，会怪死。就是不至于这样严重，也是病人不绝，从其他方面来看，万事交涉受损的时候多。这样的房子会倒塌，难以居住。为什么会这样呢？丑寅为万事之始，从万事之始损害大事，则为求害。世中有谚语“可喜可贺”（日语写成“芽出度”），为什么这样说呢？因为阴历正月是寅之月，二月是卯之月，意思就是说草木吹芽，萌动而出。

所谓的“鬼门”，“鬼”为气，而“鬼”也可以说是“神”，是“鬼神”，神佛众生成为鬼神，故曰“鬼门”。

①稻荷明神：主管丰产之神。

②冠木门：门的上框横穿门柱的门，明治以后多指门上没有房盖的门。

门户之部

南边有门，北边有后门，或北边有正门，南边有后门为凶相，东边有正门，西边有后门，凶相。西边有正门，东边有后门，凶相。这就像没有底的袋子一样，财宝装进去后马上就漏了出去，因此为凶。南边有正门，东边有后门，或者东边有正门，南边有后门，或西边有正门，南边有后门，或南边有正门，西边有后门，或北边有正门，东边有后门，或北边有正门，西边有后门，或西边有正门，北边有后门，或东边有正门，北边有后门，都算可以，东边既有正门又有后门，东西南北的任何一个方向，同时有正门和后门都可以。但是在平时要使用其中的一扇门，两扇门同时使用不好，根据建筑物的情况，可以使用方便的一扇。

山门高为凶，要说寺院的山门何吉何凶，则与“某山”、“某寺”之名号相关联，建筑物为寺时则为“某寺”，在山上时则为“某山”，山是高贵之相，在山寺的山门的二层供佛和菩萨度济众生，因此山门就会高。

仁王门[1]这样的门户，是天地阴阳五行的真理的极致，因其为金刚而无曲，因此成祭金刚力仁王之相。从宅相来说，因尽真理金刚之相，因此受天保佑。一般都认为在民间小门为吉，其实未必，大房子做小门就是凶，应该根据房子的大小做门，不过大也不过小，这是真理所存。对这一点必须理解。特别高的建筑物之门以人站起来的高度为妥；中等高度的建筑物以人弯腰的高度为妥，很低的建筑物以人坐下来时的高度为妥。

冠木门是用两根支柱和横在上面的横木构成，是和有房顶的门比较而言的，而门本身有的是用板条编成的格子样的门。

①仁王门：是在两边安放守护佛教的金刚力士的门。

物品置放场所的建筑物的吉凶

酿酒的人家在酉戌亥卯寅巳之间建造酒库，掘造酒井，并在这个方位放清酒为大吉相，这种清酒要是放在午未的方位就会腐坏，为什么这样说呢？因为是水克火之相。

在两鬼门的方向放臼场，并以精米造酒则腐坏，因为这是土克水的相克之害。在正北建立酒库，在这里造酒也会腐坏，这也是因为坎为水，呈相克之相。

在两鬼门或南北的方向处置造酒物品会招致极大的失败。

锻冶业、铸造业、金属精炼业等在卯辰巳的方位为吉方，因为这是木生火的相生之相。而在酉戌亥的方位、两鬼门或南北为大凶，在这样的方位处理与火有关的事业都为凶。

材木业除两鬼门的方位都可以，和服商业也可以，金属商品、土器商除两鬼门的方位都可以。

但是如果在市内，向戌亥方位的顶头的店铺，在戌亥的方位如果没有吉相的建筑物，在卯辰巳的方位必须有吉相的建筑物。向辰巳方位的顶头的店铺，如果辰巳的方位没有吉相的建筑物，在戌亥的方位有好的建筑物也为吉相。

而存满买卖商品的仓库街的对面，在卯辰巳的方位，或酉戌亥的方位为大吉相，而在两鬼门则会招来大损害。

而向南的宅子，在南边有大入口，如果在其东或西开大店，此店无法长久。

北向的房子在东西有大入口，商业无法繁荣，故店和门口在同一方位为吉。另外有环绕角地之店的房子时，可使其入口和店并列。

捣米房等在里鬼门安置石臼，或向着里鬼门踏石臼时，家里的女人会有灾难，轻者女子患精神病，或者经济上不如意。

在本鬼门安置石臼，向本鬼门踏石臼时，男子不在家里，损害之事多，最终店会倒闭。在卯辰巳的方位放石臼，向东或向南踏石臼，家运会渐渐繁盛。

在酉戌亥的方位安置石臼，向东或向南踏可，但是向着吃饭的地方踏为凶。精米所藏场所只限于向南或向东，这是首先必须记住的，商家更是如此。

大酱咸菜类放置之部

大酱咸菜的店安置在正北的时候，因为坎为水，就会腐坏。安置在正南，因为水克火，也会腐坏，为什么呢？

是因为盐里加进了水。安置在卯辰巳的方位，因水生木为吉。酉戌亥的方位为金生水，因相生，为吉相。

以上的两品种的东西在这六个方位制造、储藏、建立仓库为吉。不仅是商家，就是民家在这几个方向制造、收藏、建立仓库，都不会腐坏，因为这是吉方之德。

牛羊类挤奶的地方，应该建立在从本宅来看十干的方向。

洗澡堂在正南的方向建立澡堂而经营，得眼病，或者发狂、怪死，或有从公家来的灾难等，轻者头痛。不止是洗澡业，放在这个方向在什么房子里都是不好的，放在正北也不吉，南北都是水克火之相，无法相生。因此可放在甲乙丙辛壬癸等等方位。

判定方位时要以平时做饭的厨房、饭厅、主人定座等地方的正中为中心，用指南针取方位。

生鱼、冻鱼商的方位除了两鬼门都可以。杂货、点心、旧衣服、旧家具、孩子的玩具除两鬼门都可以。但是如果两鬼门再开如上所述之店，也有根据宅相的不同做法，消除不吉之法。

酒店、油商，放在卯辰巳的方位，因呈水生木之相为吉，酉戌亥也是金生水之相，可。

但是在乾的方位忌竖男柱[①]，除乾的方位都可。

大酱、咸菜、洋酒类都不要放在水气类的方位，另外使用焚火的行业不要放在两鬼门的方位，在酉戌亥子的方位也不要进行带有焚火行为的行业，为什么呢，因为是火克金、水克火之相，因此忌这个方位。但是为什么说在酉戌亥的方位造酒、藏酒为吉呢？因为这是金生水之相。

而蒸釜、焚场应设在本宅的正中或者从厨房的饭厅测量为十干的辛壬的方位。火口必须向南或向东才为吉，向北向西为凶。种种买卖品放在高处的仓库里不利，藏在低仓库里会得到很大的利益。在道路旁边开茶馆，比道路低生利，比道路高则多不利。商家必须如此考虑，农家也不例外。比道路低的店客人容易进来，因为客人觉得这家店好进，店家就会得大利，因此建房子是必须再三考虑吉凶。

①男柱：建筑物中心的柱子。

建筑物长度的吉凶之部

戌亥方向檩子的长度十间（一间等于1.81818182米）或十间半、一间、一间半、两间或两间半，为大吉相，这是乾和兑之金以壬而成金生水之相生之相，所以吉。因之人之精神沉着而无暴行，可专心致志于大事情。这以外，六间也是可以的，这只为金融上的融通。凡事大张旗鼓并不好，万事积土成山，小积而忌大动，大动则不及，坚实进取为好。而一开始就大张旗鼓，不能说是坚实。

戌亥方面的檩子长度如果三间或三间半，有个三五年就会繁荣起来，意外地积累许多财宝。但是这以后财宝散尽，打个比方说，就是大火骤燃，但是不一会儿就消失，这家人家也像做一场梦一样财产消失，家势衰落。

戌亥的方面檩子长度为三间、三间半、四间、四间半、五间、五间半而建房，这家人家大胆而喜欢华美，财宝散乱于世间，衰落下去。

戌亥的方位檩长为七间、七间半、八间、八间半而建房，这家人家的财产渐渐减少，终于衰落。

戌亥的方向檩长可为九间、九间半、十间、十间半、十一间、十一间半、十二间，可以保家。九间到十一间半为乾，十二间为兑，都是属金之数，是同气相求之相[①]，为吉。

戌亥的方位檩子长度为十三间、十三间半、十四间、十四间半、十五间、十五间半为大凶，难保其家。为什么呢？十三间半是火克金，十四间半到十五间半也为金克木，因为相克，所以大凶。

在戌亥的方位建房时，檩子长如果为十二间，则去十以个位二来占算，二十二间也去掉二十用二来算，就是说这些两位数取其个位数来占算，而一和十都是乾之金数，二十和二都是兑之金数，两位数的个位数为零的时候，以十位数来占算。

三十五则去掉三十以五来计算，五间为凶。三十和三都是离之数，五为巽之数，在戌亥的方面用这样的数字为凶。戌亥方位的檩子长度如果为二十间，则二十为大数，和二间一样，是兑的吉相之数。三十间为三之位，为离数，四十为四之位，为震数。所谓大数和小数，十位数为大数，个位数为小数，这些一定要准确无误地记住。

在戌亥的方位的檩子长度为三间，会丧失家财，这是因为在乾的方位建了离之火相，烤焦了乾的金相，形成火克金之障。但是在辰巳的方位有长为三、四、五或六间的吉相的建筑物，则可消灾，可以细水长流延续下去。如果没有这样的吉相建筑物相助，在鬼门的方位建房，这样的人家马上会衰亡下去，这个定则是必须注意的。

在正北之子的方位建房，则在戌亥的方位用的是乾的大数、小数上加上半间则没有什么不吉祥的。或在兑的大、小数上加上半间也可。

在正北可以用述间数，但只限于癸的方位。在鬼门的方位不能缺角，因为会失去四天王的宫座。这个角落可用墙围住。

里鬼门也一定不能欠角。因为缺角就是失去四天王的官座。此角可以用墙围住。

在正北的子的方位有檩长为四间、五间的建筑物，这家的主人顽固，不听善人的忠告，大不利。如果有六间的建筑物，做事拘泥，凶。

子之方位有两间或两间半的建筑物，为大吉相。而丑寅之间为大忌。

卯的方位檩长为三间或三间半，四间或四间半、五间，则为大吉相，长男守护此家。正像前面所论及到的那样，正东忌高建筑，比普通的房子稍微低一些为吉，高则凶。将这个方位作为造酒、造大酱、酱油或油及油火物的制造处为大吉。但是如造酒，不要建特别高的建筑物。地炉、地下有取暖设备的地板、集会场所等制造人起卧之地，应该放在甲、乙的方位。在大梁的长度是三间或三间半的建筑物内，不能处理太多的火气。

卯的方位建立檩子长为一间或一间半、两间或两间半的建筑物为长男之祟，养子继承其家业。

在这个方位建立仓库则品物难保，或受损害。为什么呢？这是金克木的相克之相。

辰巳的方位檩子长为三间或三间半，四间或四间半，五间或五间半、六间为吉相。如果是三间或三间半，则此建筑物忌进水气，因为是水克火之相。但是六间的建筑为吉，世间上的人都想把房子越造越大，但是所有高房不吉，比普通的房子低些为好，而在外侧辰巳的方位安装大窗子、纸格子的门，全面开放时使财宝散尽，家道严重衰落，而在这旁边如有凶相的建筑物，这户人家会灭亡。

在辰巳的方位，以檩长为一间、一间半、两间或两间半造房，蒙受世间的大损失，为什么呢？这是金克木之相。虽然家主很慈祥，但是没有威信，或者舍家而去。辰巳的方位，有很多吉相的建筑物，如果在乾的方位没有什么建筑物，则难以取得均衡，为凶。但是如果辰巳的方位有吉相建筑物，本宅在戌亥之角，因为与辰巳方位取得了均衡，为吉。

在市中要特别注意如此的均衡。

无论是戌亥的方位还是辰巳的方位，即使有吉相的建筑物，周围的墙上有孔，有透亮的地方，为大凶相，毋宁说不建围墙为好。四隅如果有连在一起的墙，为吉。辰巳的方位，没有南北栋或东西栋的连接，中间有空隙为凶，戌亥的方向也是一样。辰巳的方位，是世间交际，求得财宝之局，戌亥是收纳财宝之局，乾巽两方位之栋相互连接成为之角为吉，就是分开，两栋之间要几乎没有空隙地接近，合成竹叶型为吉。

在午之方位建房的时候，在辰巳的方位所用的三间到四、五、六间之上加上半间就都没有什么问题。可是忌用三间和三间半，如果建造如此的房子，得脖子以上的疾病。为什么呢？因为午为火，三也是离的火数，这样阳气甚强，会得脑充血等病症。未申为里鬼门，当然忌建房子。但是像市中那样仅为宅地里房子前面的一部分土地就没有什么问题。但是在鬼门之角建立仓库为大凶。

酉的方位的檩子长度和戌亥一样，但是从长度来说，一间或一间半，两间或两间半比较适当，超过这样的长度，建看起来很高的仓库，女权过盛，反而会招凶。看起来比较低的为吉。

戌亥的方位建仓库，而在辰巳的方位没有建筑物时，为了取得均衡，必须种很多的树木，而在戌亥的方位没有建筑物时，要建假山和泉水，在其他的方位建假山和泉水为大凶。在里鬼门的方位没有建筑物时在这里建假山、泉水为大凶，万一误建了假山、泉水和亭子等，这个人家会忽然衰落，当然本鬼门的方位也忌建这些东西。

而宅地有的南北长，有的东西长，对于地盘来说，西北之角为戌亥，东之角为辰巳，西南之角为未申，东北之角未丑寅，丑寅之间及其相对的方位称为两鬼门。

取方位时，在平时主人居住的正中放指南针取其方位。

也可以把指南针放在平时吃饭的饭厅正中取方位。

在上述的两个地方取方位时，地盘有不同时，必须在其地盘的正中取方位，必须选准正确的吉方。而市中房子鳞次栉比，如果选取相应的建宅方位建房，能受天佑。

①同气相求：朱熹注《原本周易本义》云：“九五曰：飞龙在天，利见大人，何谓也？子曰：同声相应，同气相求，水流湿、火就燥，云从龙，风从虎。”

建筑物相生相克之部

戌亥的方位，建造乾数的一间半、兑数的两间半的大梁的房子为大吉相，在这里建立大梁长六间的连在一起的房子，成坎之水数六间，形成上述的乾兑之金数连续，为金生水之相，为吉。如果建筑物是仓库，小于一间半的金数，小于两间半的兑的金数，为金相仓库，这个金气为六间的坎水吸收，力气变薄。因此在临接两间半的房子旁边建造房子，应该建造一间半到两间半的房子。乾和兑并列建房时，金性加强，临接这样的房子，可以增建六间长短的房子，这被称为“入念相生”。

辰巳之角建立三间、三间半的仓库，是离的火相之数，邻接这样的房子建造可建震数的四间、四间半，巽数的五间、五间半。震巽为木性，由于木生火，则为木火相生之相，为吉。如此地连续建造，具有很大的力量，由此可以保财。酉戌亥的方向为金方，以土坝、土墙围住，为土生金之大吉相。

而在东、南、北三个方向建带有柱子的墙为吉相。

在长长的房子的正中的两边有并列的两个门，而此门之栋梁与整个长房子之栋梁为不同的梁木的时候，以相生之相造这个门之栋和长房子之栋之时为吉。将两根栋梁连成一个长栋是不理想的，而在俗家，门栋比长栋低为吉。而在寺宫，宫殿堂宫稍微高一些为吉。

而门栋两边的栋与门栋相克时，会招惹世人意想不到的憎恨，而呈相生之相之时，会受到世人的敬爱，

在本宅草葺之栋的下面，连接着瓦葺之栋，如此栋克草葺之栋，为凶。即使两栋相生，将本宅做成两栋，是有两名主人之相，为凶。如果在东面，一间、一间半为乾的金数，两间、两间半为兑的金数，东方为震之木位，此为长男之局，因此在东面如果建高低栋相连的房子，为金克木，因此成为长男之障碍。

为什么呢？因为东方的木位遇到相克之金数。

三间、三间半为离火之数，从东方的震木呈木生火之相，受天佑。四间、四间半为震之木，五间、五间半为巽木，东为震之木位，因木与木同气相求，能够满足世间之大愿望，也为受天佑之相。

六间、六间半为坎水之相，东方的震木由坎水呈水生

木相生之相，虽不能说是相克，但是由于水气为震木所吸之理，六间半之栋的力量变得薄弱，不能说是非常吉祥，因此必须谨慎注意。使七间、八间之数当然为忌。其他如上所述，大数和上述之理相同。因此说：巽的宫座如果造泉水，泉水和巽木虽呈水生木之相，水力为木所吸，水力就变得薄弱，因此应在此泉水旁边广种树木，或者这里的木相之处建间数为四间、四间半、五间、五间半的建筑物，建筑物或接在主要建筑物下面的房子也会增加刚力。

在乾的方位做泉水，从戌亥的金势取得金生水之相，水力不能散去，保护天佑的财宝，主房下面所接的房子也是如此。

西之兑方一间、一间半的主房下面的接的房子为乾的金数。

二间、两间半为兑的金数，西为兑，兑为金局，呈同气相求之相之兑为女之位，呈女子相互养育之相。三间、三间半为离火之位，和西方兑的金性呈火克金之相，成为女子的障碍，凶。四间、四间半、五间、五间半是震与巽的木位，从西之兑的金受金克木之“克”，成为女子之障，损家政之财宝。

六间、六间半为坎水之数，从兑方之金呈金生水之相，为吉。但是女子过多反而不好。成为女子之障，最恶的间数是七间、八间之数。

九间以上的建筑物是按照前面所述的大数之法论吉凶，以能够很好地摄取木火土金水的数量。

东向或西向的本宅，南方主栋所接的下面的房子如果其长度是一间或一间半为金数，二间或两间半是兑的金数，南方是离的火位，从此火产生火克金的相克之相，因此成为年轻女性的障碍。也会从世间引来相克之相。

三间、三间半与南方的离火成同气相求之相，但过盛反衰。

四间、四间半、五间、五间半为震与巽的木数，由木生火引起离火，虽然相生，木数之力变弱，不是特别吉祥之相，因为有不好的地方，这样的房子不要给孩子住。

六间或六间半是坎的水数，从水到离或成水克火，即成坎水克南方之离火之相，不吉祥。受此相克之相的影响，女子患颈以上之病，或脑神经之病，对所希望之事也形成障碍。用七间、八间的长度为凶。九间以上和上面所述大数相同，接在本宅下面的房屋在一间或一间半时为乾的金数。

两间与两间半为兑的金数，北方为坎水，虽然从金产生金生水之相，但是因为水从金生，金势薄弱。虽是如此，因为这里有引起戌亥之金气之理，增加同气相求之力，乃吉。三间或三间半为离之火数，从北方的坎局之水引起之时，成水克火之相，不吉。从戌亥的金方引起之时，则成所谓“响火克金”，从下接房屋传来相克之响，有大灾难，家难保。

四间、四间半为震之木；五间、五间半为巽之木数，从北方的坎水接受水生木相生之相，因为木主肝脏，则情绪渐渐升高，而且从戌亥的金局传来金克木之响，引来障碍，心神颠倒家难全。

六间、六间半是水数，虽与北边的坎水同气相求，由于水势过强，遇事则偏执拘泥，凶。

七、八间为艮与坤，忌。

九间和九间半为乾的金数，十以上的间数按上述大数的论法论断。所谓“八方”，即北子为坎局，丑寅之间为艮局，东卯为震局，辰巳之间为巽局，南午之方为离局，未申之间未坤局，西酉之方为兑局，戌亥之间为乾局。

八纯①间数的取位之部

一间、一间半为乾之金，两间、两间半为兑之金，三间、三间半为离火，四间、四间半为震木，五间、五间半为巽木，六间、六间半为坎水，七间、七间半为艮石，也为土，八间、八间半为坤之土，从九间到十一间半为乾，十二间与十二间半为乾与兑之金。艮坤之建相数阴性，在

《易经》中，艮为石，坤为土，以此数字建造仓库、收纳屋、隐居所则家不昌盛，为忌。

理曰：

春为木。

夏为火。

立秋前的十八天（夏的土用）为土。

秋为金。

冬为水。

以水移春，为水生木相生之相。

从夏移向土用是火生土的相生之相

从土用移向秋是土生金相生。

从秋移向冬是金生水相生。

如果说相克，从春移向立夏前十八天（春的土用）是木克土的相克。

从立冬前十八日（秋的土用）移向冬天是土克水的相克。

从冬到夏是水克火之相克。

从夏到秋是火克金的相克。

从秋到春是金克木的相克。

真理之外不该有法，万物接收春、夏、土用、秋、冬的季节生生相育，这是天地阴阳的五行。

神佛众生万物的真理深深微妙不爽厘毫，如误此理，片时不得养育。

①乾、坤、坎、离、震、巽、艮、兑八卦上卦下卦相同之卦相为八纯卦。

房间宅相修改之部

房间的分割以相生为法则，但是根据房间分割的具体情况无论如何也难以避免相克之房间出现时，应在门槛的旁边做六寸宽的板，将其插入门槛前后或左右，不要直接和门槛叠在一起。这样就成了“切断相克之相之法”，如果是连在一起的方向相同的房间，就在其分界线处把这样的板子插进地板，也可以形成“切断相克之相之法”。这一点需要记住。

房间内榻榻米数之部

在铺六叠榻榻米的饭厅，如果左右有相连的房间，家人中有人溺死或吊死之灾。

四叠半榻榻米的房间被六叠榻榻米的房间包围，会有强盗来使家里人负伤、流血，逃入这间四叠榻榻米的房间，或者倒在这间房子里死去。这是可怕的凶相的房间。

有很多四叠半的房间连在一起的人家，家里有人自闭，更有甚者，会出现自杀者，这是很可怕的。

有铺七叠榻榻米的房间，或其长度为七叠半榻榻米的房间的人家，不能圆满快活，产生难以满足的事情，或者在这样的房间里出产的孩子成为不孝之子，即使是孝子，也是病弱或短命。

有许多铺八叠榻榻米的房间连在一起的人家，阳气不立，或有淫乱之误。

有许多铺三叠榻榻米的房间连在一起的人家，家里虽然热闹，但是财宝难报。

四叠半或者七叠、七叠半、八叠的房间为大凶，不应该设置这样的房间。

榻榻米一般都有固定的尺寸，大体上是横三尺、竖六尺，以此象征一百八十日，而其厚一寸八分，也象征一百八十日，都相当于半年之数，将这一张榻榻米作为大数，两张和起来为一年三百六十日。

而一张榻榻米是一人寝卧之用，两张榻榻米是夫妻的居位。但是如果误将半叠榻榻米放入其中，就同把人体从腰切断一样，因此四叠半和七叠半相连的房间不吉利，七叠的房间本来也不好。

易曰：艮坤漏出算木的六爻，为空虚之理，又为有理，此法的意义难以一下讲清。艮为七，坤为八，这七、八之数，不应该用于分割房间，其数量之法，是从《易》的先天而出的不动之体。

尽管如此，世间有用从一白到九紫之数的人。这是动物之数，属于别流异义。不应该用于宅相之数量。九星之中，只取五行星运转时所用之数。

房间分割的相生、相克之部

在房屋相连之时，在一叠榻榻米的房间旁边连接六叠的房间，是金生水的相生之相，二叠连接六叠也是金生水之相，三叠连接四、五叠是木生火之相，四叠连接五、六叠是水生木之相，为吉。九叠、十叠的房间连接六叠的房间，是金生水的相生之相，吉。一叠房间连接三叠房间，是火克金之相，为凶。两叠连接三叠是火克金之相，为凶。三叠和六叠相连，是水克火之相，为凶。四叠、五叠和一叠、二叠相连及四、五叠相连，为金克木之相，为凶。六叠的房间连接三叠的房间，是水克火的相克之相。

上面所述的相克的部分，是凶相的房间，但是并不适用于七、八叠的房间。

房屋改建之部

要将八叠的房屋改成九叠的房屋，就在格橱内的交错搁板，或壁龛下面的小壁橱下面加一张榻榻米，或者把两叠的榻榻米竖着分为三份，作成竖四尺长的榻榻米，呈现九张榻榻米的姿态。

要将七叠半的房间改成六叠的房间，用一叠半的地方做地板，然后铺上榻榻米的表皮，看起来就向房间里都铺上了榻榻米一样，这样也是可以的。

要将四叠半的房间改成四叠的房间，将半叠做成地板，上面铺上榻榻米的表皮看起来就向房间里都铺上了榻榻米一样，这样就没有问题。

要将四叠半的房间改成五叠的房间，可以将一间半的地方分成两份，做成长四尺七寸二分五厘的榻榻米两张也不会有什么问题。

要将三叠的房间改成四叠的房间，就要准备好比较窄的榻榻米，将一间半长的榻榻米横着切成四份，作成横幅二尺三寸九分二厘的榻榻米，然后铺四张这样的榻榻米也不会出问题。

要将六叠的房间改成五叠的房间，将一张榻榻米的地方铺上地板，在这上面铺上榻榻米的表皮也可以。

总之，房间的改正法如上所述。

按房间的顺序铺榻榻米的方法之部

如果主要房间为九张榻榻米大小，接下来的房间是六叠榻榻米大小，下面的房间就应该是五叠榻榻米大小，如果在此转弯，再下面的房间就应该是四叠大小，再连就是三叠，并把这三叠的房间作为饭厅。

主要房间的邻间如果是六叠榻榻米大小，与此相连的就应该是五叠，而和这五叠房屋相连的应该是三叠。这样连接呈大吉相，因为是相生的房间分割法。

如上所述，主要房间为九叠，从九移六，九为金，六为水，这是金生水的相生之相，而以坎六连接巽的五木，是水生木的相生之相，在这五数之处转弯连接四叠，为震之木，乃同气相求之相，以四震木连接三离火，为木生火之相，顺延而生吉相。以这样的顺序，能够排出多少相生的房间呢？必须进行认真的研究。但是就是相生的房间分割法，从饭厅向两个方向或三个方向接续相生宅相的房间时，相反使三叠的饭厅力量薄弱，因此从里面的金和水之房间依次连接为吉。

十一叠的房间去十取一叠，十叠作为大数，和一叠相同，因此大数、小数共用。十二叠去十取二，十三叠去十取三，二十叠为二，三十叠到六十叠都是同位大数，其他可以依此类推。

一叠和二叠的房间并列没有什么问题，四叠和五叠并列为同气相求，没有什么不好。六叠并列就不好，七叠并列为凶，八叠并列为大凶，为什么呢？因为七和八是极阴之数。

而主要的房间为主人的房间，如果做和整个宅子不相应的大房间，主人过虑，为凶相。

做大房间的人家家人都过虑，家运衰落。

因此在室内六叠以下的房间为吉。

小房子的房间就是很小也应该有六叠的房间，最少要有一间。为什么呢？因为水从方圆之器，是招财进宝之理。

何处为中央？这并不是人为的选择，这家主人经常坐的地方就是中央，而不是其他的地方。就算是传了几代，只要这个家还存在，在什么房子里主人的常坐之席都不变，因此在民间，一般以饭厅为中央。为什么这样说呢？因为饭食是养育生命的第一场所。因为有人、有房，因此就有方位，如此之理不能妄论。王城以君之王座为中央，大寺院以法主的常座为中央，豪家以主人的常座为中央，平民以饭厅为中央。从本宅取周围的建筑的方位，大体上是这样选择，即和主人常定居座的方位大体相和。

后记之部

上述的论述乃为正道，因之不应迷信其他薄才先生之流仪。种种相师不足问，惟应依真理以此为师，而相克之宅改正则为吉。然天文之鬼神年年月月时时刻刻运转，天地有位，以此孕育万物。并非一己安身立命，皆为天地育化而生而育。故天地鬼神与吾辈同生。对此不知不晓，破天运，不懂天然之理之人世上大有人在。天由方位示吉凶两端而不伤人。人不信此理，则切断自己的气脉。打个比喻说，就像切断了电流一样。有许多人怀疑这样的真理，但人之呼吸有阴阳，身体、血脉与天地运转一义，故成阴阳五行之作用。对此作用有破与不破之两端，破时灾难袭来，或恼于诸病，或失去贵重的生命，世上如此的例子很多。而重视如此之吉凶，向吉方修吉宅而行事，则天佑自来。以无灾之法德行事之时，则具活性之真德。就是世上的方位之书上写着“暗剑杀，有虞，勿行事”，如果像电信、电话一样，和天上的联系没有切断，也会成为吉神。有时我们竭尽全力，希望绝不犯“暗剑杀”，绝不要有“暗剑杀”时，到头来却事与愿违；有时表面上看起来是犯了“暗剑杀”，但却不能成祟，运用秘诀，会使我们平安无事。为什么呢？天地非死物，活用此理会感动天地，得到大自在。然世上方位书籍很多，打个比方来说，就像大树枝繁叶茂，但是却不知其根本，只探其枝叶，如何得知根本之吉凶？学说众多而本理难求。佛说：读破千卷经，难求佛之妙，这是不知以名号的六字（南无阿弥陀佛）“即身成佛”之理。方位的真理也是如此，只悟妙法一义，行时则杀神变吉神。也正像“成佛说”所言“恶鬼变佛”。探求如此之妙谛而成真理之事，世人多难以明白，真是可哀。而以此秘密妙法能悟其妙味，在这无以依傍的世间，人们喧嚣而沉入苦难之底之时，即使东奔西走，也徒劳无益，而在这本书的下卷，想讲述秘密之要领。无人不从大日本皇统永续不绝之国体，祈人民家门氏族之永续不绝。由此必从神风依天地之法则。不得怀疑宅相受天佑之真意之学说。首先，守国体者需备智、仁、勇三德；其次，生育懂得上述宅相之秘密的善男子，则受天佑。

口述者七十二岁翁川端义山

笔记者富花庵自乐：我入此先生之门数年，得其口授，望以实验神术妙法之显效之大成为世人所知。

后记

在拙作《川端康成与中国易学》上梓之际，衷心感谢恩师东北师范大学谷学谦教授在笔者学生时代的谆谆教诲与指导；感谢恩师日本东京大学名誉教授平川祐弘先生、东京大学名誉教授川本皓嗣先生对笔者的指导与提携；感谢公益财团法人川端康成纪念会会长、东京大学名誉教授、川端康成先生的女婿、养子川端香男里先生二十多年来的鼓励与支持，并提供《构宅安危论》原稿影印件及川端康成先生与伊藤初代女士的通信影印件等贵重资料；感谢已故原日本川端康成研究会会长、日本成溪大学名誉教授羽鸟彻哉先生生前为本书作序并给予指导；感谢财团法人川端康成纪念会理事、事务局长水原园博先生提供贵重资料并给予指导；感谢作家刘柠先生及广东人民出版社的先生、女士们的支持和付出的努力；感谢妻子雷丛晶的支持与帮助。

张　石

2014年11月25日